HAVANNA

IST EINE ZIEMLICH GROSSE STADT

MIRTA YÁÑEZ

HAVANNA
IST EINE
ZIEMLICH
GROSSE STADT

KUBANISCHE ERZÄHLUNGEN

AUS DEM KUBANISCHEN SPANISCH
VON MECHTHILD BLUMBERG

ATLANTIK

Die Deutsche Bibliothek - CIP Einheitsaufnahme
Ein Titelsatz für diese Publikation ist bei der Deutschen
Bibliothek erhältlich.

Copyright-Nachweise auf S. 131

© 2001 für die deutschsprachige Gesamtausgabe:
Atlantik Verlag
Elsflether Str. 29, D-28219 Bremen
www.atlantik-verlag.de

Umschlaggestaltung: Atlantik Verlag, Satzstudio Trageser
Gesamtherstellung: Interpress, Budapest

ISBN 3-926529-29-6

Wir danken dem Senator für Inneres, Kultur und Sport,
Bremen, für die freundliche Unterstützung.

Die Übersetzung aus dem Spanischen wurde mit Mitteln
des Auswärtigen Amtes unterstützt durch die Gesellschaft
zur Förderung der Literatur aus Afrika, Asien und Lateinamerika e.V.

INHALT

VORWORT
VON
MARTIN FRANZBACH

Als ich Mirta Yáñez Anfang der achtziger Jahre auf einem internationalen Kongreß in Havanna kennenlernte, imponierte sie mir durch ihre Bescheidenheit, ihre umfassende Allgemeinbildung und ihre philologische und schriftstellerische Doppelbegabung. Sie war damals so mutig, vor dem illustren Männerpodium ein gerade voller Stolz vorgestelltes kubanisches Autorenlexikon zu kritisieren, weil kaum Schriftstellerinnen darin aufgenommen worden waren. Die Verantwortlichen entschuldigten sich damals damit, daß gerade eine Frau die Auswahl getroffen habe, was im Auditorium schallendes Gelächter hervorrief.

Ich will Mirta Yáñez (geboren 1947 in Havanna) nicht idealisieren, aber ihr ehrlicher Überlebenskampf in den Institutionen einer geschlossenen Gesellschaft, ihre redliche Kritik an Unrecht und Korruption sind eine Konstante in ihrem Leben geblieben. In einem Meer des politischen und intellektuellen Opportunismus ist der aufrechte Gang keine selbstverständliche Tugend.

Die berühmte Mirta Aguirre (1912-1980) führte sie an der Universität Havanna in die Schätze der Weltliteratur ein. Später war Mirta Yáñez an derselben Universität als promovierte Romanistin für lateinamerikanische Literatur tätig, bis sie der beschwerlichen akademischen Stufenleiter Lebewohl sagte, um sich ganz ihrer kreativen schriftstellerischen und literaturwissenschaftlichen Arbeit zu widmen.

Damals, Anfang der achtziger Jahre, schien die Welt noch in Ordnung zu sein. Die Sandinisten hatten in Nicaragua gesiegt; 20.000 kubanische Lehrer und Lehrerinnen meldeten sich freiwillig für die Solidaritätsbrigaden. Die ersten Wellen von Exilkubanern besuchten die Insel als dollarträchtige Touristen. Castro wurde für sechs Jahre Vorsitzender der Bewegung der blockfreien Staaten. Kubanische Truppen kämpften erfolgreich gegen die Söldner Savimbis in Angola – ein Stellvertreterkrieg, aber ein kleines Land in der Karibik rückte in das Rampenlicht der Weltpolitik. Jedoch schon 1980 hatten über 120.000 Kubaner mit den Füßen abgestimmt und die Insel über den Jachthafen von Mariel Richtung Miami verlassen. Danach brachen der sozialistische Staatenbund und die Wirtschaft Kubas zusammen. »Sozialismus oder Tod« hieß jetzt die Parole. Die US-Regierung verschärfte ihre Sanktionen gegen Kuba.

Immer mehr Schriftsteller verließen die Insel oder versuchten, als »free lancer« mit Hilfe ihres internationalen Freundeskreises und devisenbringender Arbeit zu überleben. Zu dieser letzten Kategorie gehörte auch Mirta Yáñez. Zu sehr war sie mit ihrem Elternhaus und ihren Freunden auf der Insel verbunden, zu sehr schöpfte sie aus den reichen kulturellen Wurzeln Kubas, als daß sie je einen Wechsel in Erwägung gezogen hätte.

Schon lange, bevor es Mode wurde, widmete sie sich der Spurensuche nach Schriftstellerinnen in der kubanischen Literatur. Sie war die Pionierin der feministischen Literaturstudien in Kuba, ohne auf diesen Titel irgendeinen Anspruch zu erheben. Wir verdanken ihr zahlreiche, gut dokumentierte Untersuchungen und die (teilweise auch in den USA erschienenen) Anthologien »*Estátuas de Sal*« (1996, Salzsäulen) und »*Álbum de poetisas cubanas*« (1997, Album kubanischer Dichterinnen). In einer immer noch machistischen und militaristischen Gesellschaft gehörte viel Mut zu diesem Engagement.

Als Vortragende und Gastprofessorin in Lateinamerika, Europa und den USA las sie aus ihrem Werk, das allmählich auch in Deutschland Eingang in Anthologien fand. Aber erst die Verleihung des Förderpreises der Initiative LiBeraturpreis im März 2001 in Leipzig machte sie einem größeren Publikum bekannt.

Als viel prämierte Erzählerin, Autorin von Kinderbüchern und Lyrikerin hat sie sich einen Namen gemacht. Innerhalb der kubanischen Erzählliteratur nimmt Mirta Yáñez einen erstrangigen Platz ein. Hierzulande besteht noch ein großer Nachholbedarf, um die Talente und Vorbilder Benitez Rojo, Calvert Casey, Jorge Cardoso, Novás Calvo, Pita Rodriguez oder Exequiel Vieta zu entdecken. Jedoch gibt die einfühlsame Schilderung von Stimmungen und Gefühlen der kleinen Leute, von Milieu und Utopien, verbrämt mit humorvoller Nostalgie, den Erzählungen Mirta Yáñez' ihren unverwechselbaren Ton. Träume können sich in Realität verwandeln, aber die Realität ist oft nur durch den Glauben an eine Zukunftsvision zu ertragen, das ist die Botschaft vieler Texte.

So spiegelt es sich in den zehn Erzählungen des Bandes »*Todos los negros tomamos café*« (1976, Wir Schwarzen trinken alle Kaffee), in den sieben *cuentos* von »*La Habana es una ciudad bien grande*« (1980, Havanna ist eine ziemlich große Stadt), in »*El diablo son las cosas*« (1988, Wenn es mit dem Teufel zugeht) und der Anthologie »*Narraciones desordenadas e incompletas*« (1997, Ungeordnete und unvollständige Erzählungen).

Im vorletzten Band steht der symbolhaltige »Blinde Büffel«, ihre wohl bekannteste Erzählung. Darin schildert Mirta Yáñez in mehreren Zeitblenden den Entwicklungsweg einer jungen Frau von der Kindheit in einem verschlafenen Provinznest in der Provinz Camagüey vor der Revolution bis zu einer verantwortungsvollen Tätigkeit in Havanna nach 1959. Das Traumziel Havanna wird aus verschiedenen Perspektiven beleuchtet. Eine Münze mit dem Bild eines blinden Büffels von scheinbar unschätzbarem Wert bildet das Leitmotiv. Ob sich darin eine Parallele zu erträumten und enttäuschten Erwartungen der Revolution sehen läßt?

Die Lyrik Mirta Yáñez' wurde schon von dem Literaturpapst José Antonio Portuondo gelobt. Ihre Gedichte atmen Melancholie, wehmutsvolle Erinnerung und historisches Bewußtsein. Der unerbittliche Lauf der Zeit, mit der Gewißheit von Einsamkeit und Tod, zeigt sich zunehmend in der Lyrik der neunziger Jahre. Wenn in revolutionären Prozessen die Menschen zwischen Hoffnung und Ernüchterung schneller altern, dann erklären sich auch epigonale Verse wie die folgenden aus dem Jahre 1995:

Verzicht
Die Freunde sind gegangen, jeder auf seine Weise;
ich habe das Vergessen des Tagesanbruchs verloren,
eine ferne Kiefer,
bestimmte unmögliche Musik.
Kaum ein Hauch der Zeit hat mir die Familie
    genommen.
Ich erkenne meine schöne Mutter nicht wieder
in dieser alten Dame,
die den unnützen und verwirrten Staub meiner
    Kindheit zurückhält;
es starb meine Hündin, es starb der Farn,
es starben die Kacheln und die Beschläge
davon, was ich für mein Haus hielt;
auch die erschreckten Götter haben mich verlassen.

Mirta Yáñez

HAVANNA
IST EINE
ZIEMLICH
GROSSE STADT

Eines
Natürlichen
Todes

Einige Menschen, die aus diesem oder jenem Grunde weit entfernt leben von dem Land, in dem sie geboren wurden, sehen sich für gewöhnlich von befremdeten Blicken eingekreist und einer ständigen Neugier gegenüber jeder Besonderheit ihrer Existenz ausgesetzt. Wenn diese Menschen eine kleine Gruppe bilden und sich um eine Familie scharen, um ein Stück Land oder eine Weise, sich den Lebensunterhalt zu verdienen, werden sie von den anderen, die an ihnen vorübergehen, genauso beobachtet, wie es Kinder tun, die erstaunt die Karte einer einsamen Insel in ihrem Schulatlas erkunden.

Die Haitianer aus den Bergen von Mayarí Arriba sind von diesem Menschenschlag, der an einem Ort hängt und gleichzeitig auch wieder nicht. Sie gehören zu ihrer Scholle und umgeben sich zugleich mit einer Atmosphäre von Entwurzelung, von Windstößen aus Abwesenheit und unbekannten Meeren.

Seit vielen Jahren lebten sie in engen Baracken; Gruppen alleinstehender Männer, so alt, daß das Alter jedes einzelnen in Vergessenheit geraten war, während das Leben verging über dem Kochen ihres Gebräus, dem Gemurmel von Litaneien, aus denen ein aufmerksames Ohr das eine oder andere im Flug aufgeschnappte Wort heraushören konnte, dem Aufbruch bei Morgengrauen mit den Säcken auf den Schultern, dem Schweigen bei der Ernte des Kaffees und der Rückkehr in die Baracke bis zum nächsten Tag.

Wenn jemand ins Dorf kommt und in der Nähe dieser Baracken einkehrt, fehlt es ihm nicht an Warnungen vor dem dünnen Geduldsfaden der Haitianer, der verborgen sei hinter ihrer andersartigen Sprache, aber so fein wie die Haut einer Zwiebel, und dessen Reißen plötzliche gewaltige Zornesausbrüche freisetze. Durch harte Arbeit und ein schweres Leben gezeichnet, schleifen die Haitianer von Mayarí Arriba auch Legenden hinter sich her über eine gewisse Empfindlichkeit, Reizbarkeit und Leidenschaftlichkeit, die sowohl ihrem friedlichen Äußeren als auch dem Duft fremder Welten widersprechen, der diejenigen umweht, die bereits alle Wege zurückgelegt haben und das Innerste aller Menschen kennen.

Doch wenn dies auch nur Legenden sind, ist es dagegen wahr, daß ich gesehen habe, wie ein Haitianer einem Mann das Messer unter die Nase hielt, und das bedeutete, nach den Worten der abergläubischen Nachbarn zu urteilen, daß seine Stunden gezählt waren.

Das Haus, in dem ich während der Kaffee-Ernte lebte, lag auf einem Hof, auf dem zwei oder drei Familien aus Florida Blanca lebten. Am Fuß einer Hügelkette, neben den Überresten eines durch irgendeinen Wirbelsturm zerstörten Zaunes, lag die Baracke der Haitianer, die durch ein Wunder der Natur dem Zahn der Zeit und der durchlebten Not widerstand. In der Hütte lebten fünf Haitianer, deren Haar in den vielen Jahrzehnten, die sie im Gebirge verbracht hatten, weiß geworden war und deren dunkle Haut unter den Kleidungsstücken, die sie sich gegen die Kälte der Berge überwarfen, hervorschaute, Stoffetzen, die sie im Laufe des Tages ablegten wie alte Schlangenhaut, um sie über den Kaffeesäcken zu stapeln, die sich ihrerseits mit reifen Früchten füllten. Auf dem Kopf trugen sie ein farbiges Tuch oder einen Hut aus Palmblättern, der immer und immer wieder in alle Richtungen gebogen worden war, manchmal auch beides, Tuch und darüber den Hut. Ihre Hände waren schwielig und breit. Mit spitzen Schultern wie Besanmasten von Schiffen auf hoher See brachen die Männer früh im Morgengrauen auf, lange bevor wir Brigadisten begannen, uns das Frühstück zu machen und den Aufbruch vorzubereiten. Und wenn wir in der Kaffeepflanzung ankamen, hatten die fünf Alten das Gebiet längst unter sich aufgeteilt, es sei denn, einer von ihnen war krank oder auf dem Weg ins Dorf, um Lebensmittel zu kaufen. Abgesehen von wenigen Sätzen zur Lage arbeiteten sie schweigend.

Yulián war der älteste der fünf. Und das erkannte ich nicht an irgendeinem Indiz in seinem Gesicht oder an seinen Altersbeschwerden, sondern am Verhalten der anderen vier Männer, die Yulián einen gewissen Respekt entgegenbrachten, welcher zeigte, daß er ihnen etwas voraus hatte, ob aufgrund des Alters oder aufgrund geheimer Riten. Und Yulián war derjenige, der eines Abends unter den Fetzen und Tüchern, die an ihm herabhingen, ein gut gewetztes Küchenmesser hervorzog und am Fuß des Gebirgszuges entlanglief, um es einem anderen Mann ins Herz zu stoßen.

Deshalb sind mir trotz der über zehn Jahre, die seitdem vergangen sind, seine Konturen gut im Gedächtnis geblieben, wie auf einer scharfen Fotografie, die einen Augenblick der Existenz für immer festhält, unumkehrbar; ein uraltes Bild, aber auf dem Fotokarton gegenwärtig mit seinen in der Zeit stehengebliebenen Kontrasten, seinem in der Erinnerung fixierten Helldunkel.

Wenn auch der Zorn der Haitianer sprichwörtlich war, so war ebenfalls ihre Geduld bekannt, ihre Zärtlichkeit gegenüber Tieren und Kindern, welche die Anwesenheit dieser Männer nicht fürchteten, die in ihrer Baracke mehr als dreihundert Jahre auf sich vereinten. Es war sogar üblich, sich an den Abenden großer Kälte um die Feuerstellen zu versammeln, über denen Yulián und seine Kumpel kochten, und dort ihren immer und immer wieder erzählten Erinnerungen an die ferne Heimat zu lauschen, von Generation zu Generation weitergegebene Erinnerungen an die Zeit, als ihr ganzes Land brannte und die Schwarzen das Feuer gelegt hatten und es weise Männer unter ihnen gab, die sie zu Männern statt zu Arbeitstieren gemacht hatten. Von all diesen Dingen wurde gesprochen, und schon sehr lange, bevor die Rebellen das Gebirge hinaufgestiegen waren und ihnen von ähnlichen Dingen berichteten, erzählten die Haitianer von ihren Kriegen, die verabscheuten Herren aufgespießt und die Armen an der Macht, die eine Sekunde zuvor noch Sklaven gewesen waren. Doch wie lange war das schon her, danach war die Armut groß gewesen. Was passiert war, wußten sie nicht, und sie mußten auf der Suche nach dem Gelobten Land auswandern, weniger Hunger, wer weiß. Die Frau und die Kinder blieben zurück, und jetzt waren die Jungen sicher schon Männer, die Frau eine Alte; vielleicht waren sie schon unter der Erde. Was wohl aus ihnen geworden war? Seit über fünfzig Jahren hatten sie sich nicht mehr gesehen.

Und von neuem die Geschichten des großen Mackandal, der entkommen konnte.

»Yulián«, sagten die Kinder aus Florida Blanca, »erzähl uns von dem Hinkenden, wie er sich in einen Vogel verwandelt hat.«

Und Yulián begann, endlos von den Abenteuern des in einen Vogel verwandelten großen Mackandal zu erzählen, der emporgeflogen war wie eine Feuerzunge, um seinen Feinden zu entkommen. Mackandal, der Unüberwindliche, Mackandal, in ein Federvieh verwandelt, in einen Wolf. Der große Mackandal.

Ich setzte mich auch dazu, um zuzuhören und zu sehen, wie Yuliáns Augen leuchteten, wenn die Berge sei-

16

ner Heimat, die brennenden Bananenpflanzungen und Mackandal mit seinen Kunststücken erneut an seinen Pupillen vorüberzogen.

Eines abends, als Yulián wieder einmal am Feuer seine Geschichten ausbreitete, geschah etwas Unerwartetes. Aus dem Chor der Zuhörer löste sich eine Lachsalve, die Yuliáns Redefluß brüsk unterbrach.

»Wer will das gesehen haben? Ein fliegender Neger!« sagte die Stimme jenes Mannes, der von wer weiß wo aufgetaucht war.

Später kam heraus, daß es sich um Cuco Serrano handelte, Besitzer von Ländereien und Trockenanlagen, der in jenen Tagen wie vergiftet durch die Gegend lief, weil von der Landreform die Rede gewesen war und von den geplanten Eingriffen. Er war auf die Dorfbewohner nicht gut zu sprechen, lief grollend durch die Gegend und spuckte provozierend auf die zum Trocknen ausgebreiteten Kaffeebohnen. All das erfuhr ich später, denn auf jenen Moment folgte die Ruhe vor dem Sturm, die Flaute, die mein Herz in der Gewißheit einer nahenden Katastrophe bis zum Halse schlagen ließ.

In der Sekunde danach sah ich, wie der mitten in seiner Geschichte unterbrochene Yulián erstaunt aufsah und seine Augen langsam schwarz wurden, so als ob eine Blutwolke sie bedeckte, und ich hörte ihn leise sagen, wie jemand, der das Ganze nicht will, so als gäbe er Cuco Serrano die letzte Möglichkeit, den Mund zu halten, und als wollte er sich, Yulián, selber beweisen, daß er nicht richtig gehört hätte:

»Mackandal war ein großer Mann.«

»Geh zum Teufel mit deinem Scheiß-Mackandal!«

Da erhob sich Yulián langsam, denn die Geduld der Haitianer ist sogar dann noch Geduld, wenn sie mit ihr am Ende sind, schob die Kinder beiseite und stellte sich mit geschwellter Brust und nach hinten geworfenem Kopf vor Cuco Serrano, und seine Hand bewegte sich losgelöst vom Körper wie ein Tier und suchte unter dem Stoff nach jenem riesigen Messer, das in der Kleidung verborgen war. Von da an geschah alles so schnell wie der Blitz, und dies ist auch der Teil, den ich noch am deutlichsten im Gedächtnis habe: Yulián, der wie in Zeitlupe nach vorn geht, die sich bewegende Hand, von der in dem Moment niemand wußte, wonach sie suchte, Cuco Serrano, der ohne Mätzchen zurückweicht, und plötzlich die im Feuerschein aufblitzende Metallklinge, und Yulián, der nach vorne springt, definitiv die Geduld ganzer Jahrhunderte verloren, sein ganzer Körper in Flammen, auch er wie Mackandal in einen Wolf verwandelt, und Cuco Serrano, der mit einem Satz in der Kaffeepflanzung untertaucht, die beiden Männer, die sich lautlos zwischen den Kaffeesträuchern verlieren.

Ich warf einen Blick um mich und sah die vier Haitianer, die dasaßen und ins Feuer schauten, als ginge sie das Ganze nichts an, und die Kinder, die nach Hause liefen und schrien: »Yulián, das große Messer, Cuco Serrano!«, während ich bei den Haitianern blieb und sie fragte, was jetzt wohl passieren würde.

»Yulián wird's wissen«, antworteten sie mir, ohne aufzublicken.

Die ganze Nacht verging, ohne daß Yulián in die Baracke zurückkehrte und Cuco Serrano zum Schlafen nach Hause kam. Im Morgengrauen war Yulián wieder bei der Kaffee-Ernte zu sehen, so als ob nichts geschehen wäre. Niemand traute sich, eine Bemerkung zu machen, und erst recht nicht, nach dem Schicksal des anderen Mannes zu fragen.

Es war die durch ihr zartes Alter geschützte Rufinita, die das Problem löste. Sie ging geradewegs auf die Stelle zu, an der Yulián arbeitete, und schleuderte ihm die Frage entgegen, die uns allen auf der Zunge lag:

»Wo hast du ihm das Messer reingerammt, Yulián?«

Yulián zog das saubere Messer hervor, das keinen einzigen Flecken hatte, und stieß es in einen Baumstamm, während er den Kopf schüttelte.

»Yulián ist alt, ja«, antwortete er.

Und ich dachte, daß Cuco Serrano für dieses Mal davongekommen war.

Doch wie das Leben so spielt: Drei Tage später kamen ein paar Compañeros an, die nach Cuco Serrano suchten, der sich seit der Krawallnacht versteckt hielt, und durch sie erfuhren wir, daß Cuco Serrano nicht nur Ländereien an sich gerissen und so Groll auf sich gezogen hatte, sondern daß er während des Aufstandes auch ein Rebellencamp an eine Patrouille Casquitos, die Soldaten der Tyrannei, verpfiffen hatte. Mit anderen Worten: Er war ein Denunziant. Da war es dann an der Wut vieler und nicht mehr nur an der Yuliáns, und alle Bewohner der Umgebung zogen los, um ihn zu suchen, ihn aufzutreiben, wo immer er stecken mochte, und wenn es unter der Erde war. Sie fanden ihn geduckt in einer Kuhle, schon steif und stinkend. Und obwohl alle immer und immer wieder nach der Wunde von Yuliáns Messer suchten, waren sie nach gründlicher Untersuchung überzeugt, daß Cuco Serrano eines natürlichen Todes gestorben war – wenn man es einen natürlichen Tod nennen kann, die Nacht zitternd in einem Loch zu verbringen mit der Aussicht, daß jeden Moment die Tobsucht des Haitianers einschlagen konnte wie ein Blitz. Und wenn man es einen natürlichen Tod nennen kann, mit dem Herz in der Hose auf die Rache Mackandals zu warten.

DER BLINDE
BÜFFEL

*Für Manuel Carralero
und Iván García*

Lange Zeit habe ich eine Münze mit mir herumgetragen, die mehr war als ein Amulett. In einem kleinen Dorf bleibt nichts verborgen, doch dieses Geheimnis hütete ich gut. Ich fühle mich zu einem einleitenden Geständnis gezwungen: Schon in frühester Kindheit erwarb ich mir den Titel einer grauen Maus. Und zwar mit besten Noten, das soll festgehalten werden. Denn die ersten Dinge, die mir nicht in den Kopf wollten, waren der Fund jener Münze und der Anblick meines Dorfes.

Wenn damals jemand von weit entfernten Orten sprach, waren Umschreibungen zu hören wie *wo der Pfeffer wächst, wo die Welt mit Brettern vernagelt ist* und sogar *wo der Teufel zu Hause ist*. Ich will mich nicht mit dem mutmaßlichen Ursprung dieser Stätten aufhalten, doch wenn wir schon von der Hölle reden: Man hörte auch häufig dieses *wo der Teufel dreimal gerufen hat*. Oder es wurde auf eine in der Geographie unbekannte Region wie *Cochinchina* oder *Quimbambas* verwiesen. Aber was am häufigsten vorkam in der Zeit, von der ich erzähle, war die Erklärung, Esmeralda, mein Dorf, läge *am Arsch der Welt*.

Einverstanden, der Ausdruck ist nicht besonders schön oder gar poetisch, aber er hatte den Vorteil, ziemlich anschaulich genau das Gefühl wiederzugeben, das einen überfiel, wenn man die von monotonem Zuckerrohr gesäumten Kilometer um Kilometer zurücklegte, die Esmeralda von der Bezirkshauptstadt trennten. Um nicht

20

vom schimärenhaften Weg zu reden, der mein Dorf mit dem glänzenden Havanna verband, das nur im Traum und aus Zeitungsausschnitten zu erahnen war.

Esmeralda trug den Namen eines grünen Edelsteins, des Smaragds, obwohl es sich in der Trockenzeit als staubiger und, wie ich hinzufügen würde, verlorener Flecken darstellte. Der einzige Ort, der die Routine durchbrach wie ein Oberlicht, war der Bahnhof. Die roten Ziegel seines Daches rahmten den Bahnsteig deutlich ein, den ich, dessen war ich mir sicher, in über achtzehn Cowboy- und Indianerfilmen erkannt hatte. Auch das auf den Bahnsteig gewehte trockene Gestrüpp fehlte nicht. Und zu allem Überfluß hieß der Bahnhof auch noch Woodin, was perfekt zum Bild von Postkutsche, *Saloon* und Schild mit vom Präriewind zerfressenem Namen paßte, das uns Metro-Goldwyn-Mayer unauslöschbar ins Gehirn gebrannt hat. Und obwohl am genannten Bahnhof Woodin von den großen Emotionen des Kinos keine Rede sein konnte, war er immer noch der magische Ort, an dem die Neuigkeiten ankamen. Das Haus meiner Eltern lag nur ungefähr fünfzig Meter vom Bahnhof entfernt, von ihm nur durch einen Lebensmittelladen mit protzigen dorischen, ionischen oder korinthischen Säulen getrennt, genauer kann ich es nicht beschreiben. Also bestand meine liebste und ganz und gar nicht originelle Beschäftigung darin, die ein- und ausfahrenden Züge und überhaupt alles zu beobachten, was sich auf jenen Gleisen bewegte.

Die Nachbarn kannten mich gut, einzige Tochter des Notars, eines Hungerleiders, was auch absolut nichts Originelles ist. Ein gewöhnliches Mädchen mit einer Neigung zu ungeschickten Bewegungen und mit Schleifen im Haar, ohne schulische Glanzleistungen oder Berichte über schlechtes Betragen. Weil ich den Ruf hatte, still und häuslich zu sein, erregte meine Heimlichtuerei mit der Münze keinen Anstoß. Soviel ist klar und wird jetzt schriftlich festgehalten: Ich glaubte, ich sei ein Wesen aus einer anderen Welt. Ernsthaft.

Wenn ich sage, aus einer anderen Welt, dann meine ich damit nicht nur außergewöhnlicher oder intelligenter als alle anderen, sondern außerdem im wahrsten Sinne des Wortes von einem anderen Stern. Keine Kommentare bitte!

Schuld an diesem Glauben trugen zum einen das Radio, dem meine Mutter und ich mittags oder am frühen Abend mit sehnsüchtiger Treue lauschten, während wir im Hauseingang saßen und auf die Ankunft der Post oder der Zeitungen am schon erwähnten Bahnhof Woodin warteten. Zum anderen die Flausen, von denen es in meinem Kopf nur so wimmelte, seit mein Vater mir erlaubt hatte, seine reichhaltige Bibliothek nach eigenem Gutdünken zu durchstöbern. Darin vergrub ich mich morgens, nachmittags und abends, ohne dabei irgendwelchen Beschränkungen zu unterliegen. Bei meinen Streifzügen durch die Bücherregale, Vitrinen, Sekretäre, Eckregale und riesigen Schränke begeisterten mich gleichermaßen sowohl die Schundromane, die ohne die geringste Logik aufgereiht waren, verschwägert durch Staub und Feuchtigkeit, als auch jene Wälzer mit abgenutztem Einband und buntscheckigem Inhalt, die sich unter dem Etikett *Enzyklopädie* präsentierten. Und was soll ich erst sagen über den riesigen Stapel farbiger fremdsprachiger Zeitschriften voller Bilder aus der ganzen Welt, einer Welt, die ich anstrebte, von einem Ende bis zum anderen kennenzulernen? Mein Ritual wurde durch einen farblos und an unpassenden Stellen wulstig gewordenen Globus, das Tintenfaß mit dem Gesicht eines Fauns und einen kleinen bronzenen Don Quijote vervollständigt – Trophäen aus der Universitätslaufbahn meines Vaters.

Ich glaube, daß der arme Notar mit Nachnamen Balboa und Taufnamen Silvestre – ein heikler Scherz oder der historische Spleen meines Großvaters, der Papa das Leben nicht leicht gemacht hat[1] –, ich wiederhole, ich glaube, daß mein armer Notar nichts Gefährliches an dem transusigen Mädchen entdecken konnte, als das ich mich ausgab. Schon damals hatte ich glasklar die Notwendigkeit erkannt, meine außerirdische Natur verborgen zu halten. Wenn die anderen meine wahre Persönlichkeit entdeckt hätten, wäre ich verloren gewesen. Sie hätten mich mitleidlos in wer weiß was für ein Verlies geworfen oder noch schlimmer, in ein Kloster, in das jene gesperrt wurden, die die Regelmäßigkeit von Esmeralda zu stören wagten. Wenigstens etwas davon war einer Cousine dritten Grades nach einer Liebschaft mit einem Unbekannten, vielleicht einem Marsmenschen, passiert.

Meine Intuition warnte mich vor der Tatsache, daß das Andere bestraft zu werden pflegt. Und ich war nichts weniger als eine Eingeborene aus einer anderen Welt.

Eine andere Sache, die berücksichtigt werden muß: Bei uns gingen verschiedenste Menschentypen ein und aus. Ob sie den Notar konsultieren wollten, ob sie wegen der Nähe zu Woodin oder auf einen Kaffee bei meiner Mutter vorbeikamen – die Sessel unter unseren Kolonnaden erlebten eine Parade der verschiedensten Hinterteile. Und wenn man diese Leute erst reden hörte! Einer von ihnen, ich erinnere mich nicht daran, wer es war, was auch nicht mehr wichtig ist, machte mir eine vertrauliche Mitteilung. Sie handelte von der Existenz einer Fünf-Centavo-Münze, auch *Nickel* genannt, mit dem Bild des Büffels, ganz normal und alltäglich. Niemand durfte es wissen: Es ging darum, das verbliebene Stück einer außergewöhnlichen Serie zu finden, mit dem Büffel auf der Rückseite, den üblichen *Nickel*, jedoch aus dem

Jahr 1914. Und jetzt kommt das Beste: Er war eine Million Pesos wert.

Der überzeugende und geheimnisvolle Ton meines Vertrauensmannes, dazu das historische, mit dem Ersten Weltkrieg zusammenhängende Datum, gaben der Erzählung mehr als den Anschein von Wirklichkeit. Eine Million Pesos! Schon die Erwähnung dieser Summe machte mich schwindelig. Es war eine astronomische Zahl, und in meiner Phantasie kam sie den Lichtjahren zwischen den Sternen gleich. Im übrigen lag auch Havanna damals Lichtjahre entfernt. Keiner meiner Träume wagte sich so weit. Ich schaute zum Bahnhof, die Lokomotive pfiff, und die Waggons setzten sich langsam in Bewegung, und während ich bis in die Unendlichkeit Schwellen, Streben, Bohlen, Balken zählte, errechnete ich krampfhaft, was ich alles mit einer solchen Münze anfangen würde. Und ich mußte damit aufhören, mich hinsetzen und an etwas anderes, an nichts denken, weil mir schwarz vor Augen wurde.

Eines Tages, der einer von vielen zu sein schien, aber einer von jenen, die sich erst später ins Gedächtnis eingraben, ein Blitz in einer Abfolge sich ähnelnder Tagesabläufe, schickte mich Mama in den Laden mit den dorischen, ionischen oder korinthischen Säulen, um etwas so Gewöhnliches zu kaufen wie Kapern für eine Pesete. Ich bezahlte mit einem Pesoschein und wog das Wechselgeld wie immer ohne allzuviel Hoffnung in der Hand. Mensch, Leute! Da war meine Münze! Mir war der 1914 geprägte Büffel in die Hände gefallen. Überflüssig zu sagen, daß dieses plötzliche Auftauchen zwischen gemeinen Peseten auf mich wirkte wie die Ankündigung des Thronsessels, für den ich bestimmt war, sah man von meinen Haarschleifen, schmutzigen Fingernägeln und abgeschabten Knien einmal ab.

Ich kehrte zitternd wie eine nasse Katze nach Hause zurück, und Mama verwechselte meine irre Begeisterung mit der Malaria, die gerade umging. Sie gab Infektionsalarm, und ich wurde unter fünf Bettdecken gesteckt, mit einer kochend heißen Wärmflasche zu meinen Füßen. Nachdem ich einen ekligen Teeaufguß getrunken hatte, schlief ich ein, in der Hand noch die durch die Politur der Zeit und den Schweiß unzähliger Finger glänzende Münze.

Während des nervösen Halbschlafs jener Nacht nahm ich meine Mutter wie einen verschwommenen Schemen wahr, der sich näherte und entfernte, ohne die unsagbare Aura zu durchdringen, die mich umgab. Die erste Botschaft dieser anderen, höheren Welt hatte bereits von mir Besitz ergriffen. Um die Wahrheit zu sagen, verschwamm ihr Bild mit den sich so häufig wiederholenden Beschreibungen Havannas, die ich im Ohr hatte.

Angesichts des Fehlens von Fieber oder anderen Symptomen entließ mich meine Mutter am nächsten Morgen aus dem Krankenbett. Da ich mich trotz allem weiterhin ziemlich merkwürdig benahm, beobachtete sie mich ständig mit einer Neugier, die von einem Klaps auf den Po nicht weit entfernt war. Im Verlauf dieses Tages war ich drei- oder viermal kurz davor, sie in mein Geheimnis einzuweihen. Aber dann zog ich es vor, Mama in ihrer Unschuld zu belassen. Wie hätte sie so unversehens die Nachricht aufgenommen, daß ihre Tochter alleinige Besitzerin von einer Million Pesos war?

Als ich es endlich geschafft hatte, allein zu sein, überprüfte ich noch einmal das am Rand der Münze eingestanzte Datum. Ich stellte mit Erleichterung fest, daß sich nichts verändert hatte und mein Büffel mit seinem olympischen Profil immer noch da war – ein Wunder, das in eine von einer beliebigen Termite gefressene Ritze gepaßt hätte, um dort für weitere vierzig Jahre verlorenzugehen. So kam der notwendige Augenblick, ein sicheres Versteck für ihn zu finden. Als Leserin von Detektivgeschichten wußte ich, daß man das Offensichtliche am wenigsten sieht. Anstatt also meine Münze nach Piratenbrauch zu vergraben oder ein vornehmes Geheimfach im Schrank einzurichten, wickelte ich sie in rosa Seidenpapier und verstaute sie in meinem Puderkasten. Dieser Büffel hatte die sorgfältigste Hege und Pflege verdient. Denn er war meine Zukunft, und die hieß: Adieu Esmeralda!

Jeden Abend vor dem Schlafengehen staubte ich die Münze ab, polierte sie, legte sie mir einmal auf die Stirn, balancierte sie ein anderes Mal auf dem Daumen. Durch die häufige Berührung gelangte ich zu der Überzeugung, daß der Büffel auf meiner Münze dem ganzen Treiben gegenüber nicht unbeteiligt blieb. Also hielt ich ihm ellenlange Vorträge, obwohl er sich nie dazu herabließ, seinen Dickschädel umzudrehen, um mich anzusehen. Deshalb wuchs in mir die Überzeugung, daß er blind sein mußte. Wenn es nicht so gewesen wäre, hätte er schon Zeit genug gehabt, mich, seine Besitzerin, zu erkennen. Seine Herrin.

All das und die Blindheit meines Beschützers hatten meine Seele gründlich verändert. Ich teilte nicht mehr die Geldsorgen meiner Mutter und auch nicht die Besorgnis meines Vaters in bezug auf meine Zukunft. Ich besaß die Botschaft. Außerdem wäre mein blinder Büffel ja immer da, um mir zu helfen, wenn ich in Schwierigkeiten war.

Von da an verlor ich das Interesse an den Radiosendungen und beachtete auch den bis dahin so anziehenden Bahnhof Woodin nicht mehr. Immer, wenn sich die Gelegenheit bot, schloß ich mich ein, um Listen der Dinge aufzustellen, die ich mit Hilfe des blinden Büffels tun würde. Ich komme nicht umhin, mit einer Spur Scham zuzugeben, daß ein mildtätiger Zweck in meinen Plänen nicht vorgesehen war: Ich würde meine Million nicht den Waisenkindern spenden, keinen Damenverein gegen die Kinderlähmung gründen, nicht einmal dem Park Esmeraldas eine Marmorbank spenden, um dem Namen Balboa Ehre zu machen. Nichts dergleichen. Meine Ambitionen entsprangen den Büchern: Ich wollte Entdeckungen und Abenteuer. Sie hingen eng mit dem Stapel Zeitschriften, den feuchten Schundromanen, der Enzyklopädie und dem farblos gewordenen Globus zusammen. Mein blinder Büffel würde mich also in die islamische Welt von »Tausendundeiner Nacht« führen, nach Casablanca, in ein mittelalterliches Schloß, besonders bei Ebbe in das auf dem Mont Saint Michel gelegene. Mit ihm würde ich das Winterpalais, die Baker Street und das Landstück meiner Großeltern in Galicien durchstreifen. Danach würde ich mich neben dem Fähnchen am Nordpol und neben einem Hundeschlitten in Klondike fotografieren lassen, im Karneval durch Rio de Janeiro streifen, die Sahara auf einem Kamel durchqueren und dann auf einem der Kon-Tiki ähnlichen Floß in Tahiti ankommen. Die Löwenjagd in Afrika und natürlich auch die eines weißen Wals würden nicht fehlen. Ich würde die Tauben auf dem Markusplatz füttern und das Donnern der Niagarafälle hören, dem Weg Marco Polos folgen, den Amazonas hinabfahren und das El Dorado finden, die Teotihuacán-Pyramide erklimmen und noch das eine oder andere der Sieben Weltwunder. Selbstverständlich würde ich auch die Höhle Tom Sawyers und das Pariser Dachstübchen von Jean Christophe besuchen. Das klingt nach einem ziemlich großen Programm, aber eine Million war eine Million. Mein blinder Büffel würde alles möglich machen.

Es liegt nahe, daß ich, je mehr Zeit ins Land ging, um so weniger Lust verspürte, meinen Verwandten zu offenbaren, daß sie eine Millionärin in der Familie hatten. Ich war weder geneigt, einen Aufruhr in Esmeralda hervorzurufen, noch in so zartem Alter bereits mit der Ehrerbietung behandelt zu werden, die ich verdiente. Dafür wäre später noch Zeit. Ich wollte meine Eltern nicht in Verlegenheit bringen und den ruhigen Alltag Esmeraldas nicht stören.

Stattdessen machte ein anderes Ereignis in jenen Tagen dem dörflichen Frieden ein Ende.

Gegenüber von meinem Elternhaus lebte ein bunt zusammengewürfelter Familienclan. Nach dem, was ich sehen konnte, bestand die Verwandtschaft aus einer unbestimmten Anzahl alter Leute, Onkel, Großväter, Schwäger und außerdem aus zwei jungen, heiratswilligen Frauen. Meine beiden Nachbarinnen hatten die zwanzig bereits weit überschritten und erschienen mir ebenfalls als ein Paar alter Schachteln, nicht nur, weil dreißig Jahre für ein Mädchen von gerade zehn sehr weit weg sind, sondern auch wegen ihrer klösterlichen Kleidung, der riesigen Augen, mit denen sie durch die tyrannischen, patriarchalischen Gitter schauten, und wegen ihres gemessenen Schrittes sonntags auf dem Weg zur Kirche, dem einzigen Spaziergang, der den Fräulein Saínz erlaubt war. Sie hießen Silvina und Maria Isabel, obwohl mir nie ganz klar war, wer die eine und wer die andere war.

Eines schönen Tages kam den beiden Schwestern der verrückte Einfall, nach Havanna durchzubrennen. Das Getuschel prasselte wie Schießpulver durch ganz Esmeralda, und der Skandal explodierte mit einer Gewalt, die nur mit den primitiven Kommentaren der Nachbarschaft vergleichbar war. Was für eine Mißachtung der Gesetze weiblichen Verhaltens – ledige Fräulein, die sich aus dem Staub machen, wie man so sagt, ohne daß jemand sie aufhalten könnte! Die berechnenden Tränen der Tanten und Cousinen, die väterliche Entrüstung, die moralische

Schlappe von Schwägern und Großmüttern – nichts davon zählte. Nicht einmal das Damoklesschwert mit der Aufschrift »Keine Aussteuer«, das über ihren jungfräulichen Köpfen schwebte. Es ist eine Schande, bemerkten meine Eltern flüsternd beim Mittagessen. Eine furchtbare Verletzung der heiligsten Traditionen. Diese Fräulein Saínz trieben es entschieden zu weit!

Die Abreise wurde angekündigt, der Zapfenstreich, der Feierabend, der Schlußstrich, und am berüchtigten Nachmittag eines Karfreitags brachen sie auf, mit affektierten Hütchen und vorsintflutlichen kaffeebraunen Koffern, gut aufgelegt, wenn auch etwas erschrocken über den verurteilenden Blick ganz Esmeraldas, das sich ein Stelldichein gegeben hatte, um die beiden Verworfenen mit Blicken zu strafen. Sie gingen die fünfzig Meter zu Fuß, die das patriarchalische Gitter vom Bahnhof trennte, wo einmal pro Woche der Zug einfuhr, mit dem man in Santa Clara Anschluß an den ersehnten Zug nach Havanna hatte, dem geheimnisvollen und, wie die Leute bemerkten, verdorbenen Havanna.

Auch ich verschanzte mich am Fenster unseres Hauses und sah sie vorbeiziehen. Mein Herz begleitete sie auf dieser herausfordernden Strecke, und zwischen all den Stoßgebeten um ein gütiges Schicksal, die mir in jenem Augenblick durch den Kopf gingen, bat ich auch den blinden Büffel, daß er ihnen ein wenig Glück gäbe. Wie gelegen ihnen bereits ein Fünftel meiner Million gekommen wäre! Dieser Gedanke kam mir, während sie in den Zug stiegen und eine Meute Lausebengel und eine Handvoll Erwachsener mit finsterem, beleidigtem Ausdruck auf dem Bahnsteig zurückließen. Die Lok pfiff, und ich konnte nicht anders: Wie der Blitz rannte ich los mit der Münze in der Hand, kam am Waggon an, wo ich auf den sehnsüchtigen Blick von María Isabel – oder war es Silvina – traf, der sich durch das Fenster zu einem sehr weit entfernten Ort aufzumachen schien. Gleich darauf hörte ich einen Aufschrei, eine durchdringende Klage, so als wäre etwas in tausend Stücke zersprungen. Zwei Sekunden später stiegen sie aus dem Waggon. Silvina – oder war es María Isabel – mit hängendem Kopf, während die sehnsüchtigen Augen der Schwester weiterhin an einem Punkt in der Ferne klebten.

Unter den erstaunten Blicken aller gingen die beiden die Strecke zurück nach Hause. Als das Gitter sich wieder hinter Silvina und María Isabel schloß, überfiel mich zum ersten Mal das Gefühl unerträglicher Frustration. Natürlich gebrauchte ich damals nicht diese Worte; das einzige, was ich denken konnte, war, daß mir etwas sehr Wertvolles entrissen worden war, und ich sprach mit der Grausamkeit der Kinder ein hartes Urteil über diese Unglücklichen, die nicht mit all dem brechen konnten, was sich in einem einzigen Wort zusammenfassen ließ: Esmeralda.

In derselben Nacht, die Münze hatte ich an der Brust unter dem Pyjama verborgen, faßte ich einen Entschluß: Ich würde über die Leiche des Stierkämpfers Mazantín hinweg nach Havanna gehen, Archäologie studieren und berühmt werden. Der blinde Büffel war auf meiner Seite.

Die Aufregung um Silvina und María Isabel war noch nicht zu Ende. Von jenem schwarzen Tag an kehrten die Schwestern wöchentlich jeden Freitag zum Bahnsteig zurück, mit den Hütchen, die immer mehr zerbeulten, und den kaffeebraunen, vom vielen Hin und Her abgeschabten Koffern. Sie stiegen in den Waggon, machten es sich auf den immer gleichen Plätzen bequem, warteten, bis die Lok pfiff, und stiegen wieder aus, um hinter das häusliche Gitter zurückzukehren. Woche um Woche und dann Monat um Monat. Zunächst nahmen die Leute es sich zu Herzen, dann nahmen sie es nicht mehr ernst, und am Ende bedeckte die Gleichgültigkeit den wöchentlichen Weg von Silvina und María Isabel, eine Strecke, die eine Spur von Sisyphus, ein bißchen von Tantalus und ziemlich viel wer weiß wovon an sich hatte.

Die Jahre vergingen, und nichts änderte sich am Leben meiner Nachbarinnen, obwohl die Geschichte sowohl im Kleinen als auch im Großen in Riesenschritten weiterging. Auch meine Stunde schlug und zwar in Form eines Stipendiums an einem Institut für besserwisserische Kinder. Endlich war ich an der Reihe, mich in den Zug in Richtung Havanna zu setzen! Zu dieser Zeit erinnerte ich mich kaum noch an den blinden Büffel, auch nicht an jenen Nachmittag, an dem ich auf den sehnsüchtigen Blick von María Isabel gestoßen war – oder vielleicht war es Silvina –, der sich durch das Waggonfenster am Bahnhof Woodin in der Ferne verlor. Außerdem hatte ich meine mondsüchtigen Wurzeln ein bißchen vergessen.

Als ich mich mit einer Umarmung von meinen Eltern verabschiedete, blickte ich in dem Wissen, daß dies mein letzter Tag in Esmeralda sein würde, ohne Trauer auf den dunklen Gang meines Elternhauses. Doch es geschah etwas, was meine Freude trübte. Als ich in den Zug stieg, stieß ich mit Silvina – oder vielleicht war es María Isabel – zusammen. Sie ließ den Kopf hängen, und ihr Blick war staubig von der Dürre. Sie murmelte nur ein paar Worte: »Sie käme sowieso zu nichts.« Dieser Satz, der weder an mich noch an sonst irgendwen gerichtet war, erschütterte mein Herz, und ich faßte ihn auf, als sei er eine zweite Botschaft aus jener anderen Welt.

Die darauf folgende Geschichte ist alltäglich. Ich lernte eifrig und mit einer vagen Erinnerung an die Geisteshaltung, mit der ich mich eine von den Sternen Auserwählte gewähnt hatte. Meine Noten waren alle überdurchschnittlich gut, und ich häufte Preise, Ehren und Ämter an. Ich war weiterhin eine graue Maus, aber ich erkläre zu meinen Gunsten, daß es mir weder an Talent noch an Mühe und einer freundlichen Ausstrahlung fehlte. Ich muß hinzufügen, daß die damalige Zeit es sehr gut mit mir meinte, und manchmal kam mir das kleine Mädchen vom Lande aus Esmeralda in den Sinn, das jetzt einen naturwissenschaftlichen Doktortitel hatte, Vorgesetzte einer Fachabteilung war, ein riesiges, zweistöckiges Haus in Miramar besaß und noch ein paar andere Annehmlichkeiten genoß, die jetzt nicht so wichtig sind.

Manchmal, beim Saubermachen oder Ordnen der Papiere, stieß ich auf meinen blinden Büffel, verbannt in den Hinterhof der kindlichen Fieberphantasien, für immer jener schrankenlosen Macht entledigt, die ihm vor Zeiten das Mädchen, das ich einst war, eingeräumt hatte. Sein Bild paßte nicht zum zweckgerichteten Bürobedarf in meinem Schreibtisch, aber es gelang mir nicht, ihn wegzuwerfen, und so schob ich ihn in der Kramschublade von einer Ecke in die andere.

Letzte Woche nahm ich an einem Kongreß in Camagüey teil. Auf der Rückfahrt konnte ich der Versuchung nicht widerstehen, mit dem Auto einen Schlenker zu machen und durch mein Esmeralda zu fahren. In zwei Jahrzehnten hatte sich viel verändert. Kurz gesagt, die Rastlosigkeit des Fortschritts. Mein Elternhaus gab es nicht mehr, aber der unnachahmliche Laden mit seinen dorischen, ionischen oder korinthischen Säulen war noch da. Der hölzerne, ziegelgedeckte Bahnhof, der klangvolle Woodin, hatte einem Gebäude aus festem Mauerwerk Platz gemacht. Ohne mir die Zeit zu nehmen, die Veränderungen zu verarbeiten, ging ich auf das Tor der Saínz-Schwestern zu.

Es überraschte mich nicht allzusehr, Silvina und María Isabel hinter dem Gitter in ihren Schaukelstühlen aus Zedernholz vorzufinden, die eine mit über dem Ausschnitt aus schwarzem Musselin hängendem Kopf, die andere mit diesem weiten Blick – beide Schwestern für die Erinnerung festgehalten wie auf einer Daguerreotypie.

Mit einer Vertraulichkeit, die zu empfinden ich weit entfernt war, stieß ich das Gartentor auf und setzte mich, ohne um Erlaubnis zu bitten, auf die verrottete Umfassung der Veranda der Saínz-Fräulein. Ich erwähnte weder den Namen Balboa noch die Geschichten aus den zwanzig Jahren, die inzwischen über den Rest der Menschheit hinweggegangen waren. Ich sagte überhaupt wenig während des mehr als fünfstündigen Gesprächs, das ich mit María Isabel führte – oder vielleicht war es Silvina –, während ihre Schwester der Unterhaltung mit auf der Brust hängendem Kopf folgte, den sie mühsam und niedergeschlagen im Rhythmus der Worte hin und her wiegte.

Zum ersten Mal seit vielen, vielen Monaten vergaß ich Eile und Termine. Die wohlklingende Stimme von María Isabel – ich nehme an, daß sie es war – schilderte in lebendigen Farben die Streifzüge einer Weltenbummlerin, einer erfahrenen Reisenden, die Abenteuer einer auf allen Straßen, Wegen und Weltmeeren bewanderten Globetrotterin. Ihr Geplauder, das in meinen Ohren so natürlich klang, sprudelte in einer Fülle und mit einer Leidenschaft, die aus keiner Enzyklopädie exhumiert werden konnten, noch nicht einmal aus jenem Stapel geographischer Zeitschriften. Ihr sehnsüchtiger Blick schien aus allen Winkeln der Erde zurückzukehren, und eine grundlegende Glückseligkeit entströmte den Poren dieser in ihrem Karthäuserkloster in Esmeralda gestrandeten Reisenden.

Auf dem Rückweg fragte ich mich, ob die beiden immer noch Woche für Woche ihren Posten im Zugabteil bezogen, und sofort wurde mir klar, daß das schon nicht mehr wichtig war.

Als ich wieder zu Hause war, hatte ich Zeit für zwei weitere Gedanken. Dies ist der eine: Vor zwanzig Jahren, auf der Stufe eines Eisenbahnwaggons, war ich nicht imstande gewesen, die richtige Botschaft zu erfassen. Und dies ist der andere: Ich hatte das Leben vor mir hergeschoben, ohne es zu erkennen. Ich war auf einem Kongreß in Kanada gewesen, ohne die Wasserfälle gehört zu haben. Als ich Paris besuchte, vergaß ich das Dachstübchen Jean Christophes. In Leningrad hatte ich keine Zeit, das Winterpalais zu besichtigen. Ich hatte mein Auto den Flößen, Schlitten und Kamelen vorgezogen. Und was die Tauben auf dem Markusplatz angeht, so gestehe ich, daß es mir ziemlich viel Mühe bereitet hatte, sie davon abzuhalten, mein neues Kleid zu beschmutzen. Ich zog die Kramschublade auf, und der arme blinde Büffel mußte sich einige Schimpfworte anhören, die ich hier nicht wiederholen werde und die, wie man sich denken kann, an mich selbst gerichtet waren. Da wandte er mir seinen Dickschädel zu und riß die Augen sperrangelweit auf. Das muß der Anfang der Verkalkung sein.

HAVANNA
IST EINE
ZIEMLICH
GROSSE STADT

Havanna ist eine ziemlich große Stadt. Jedenfalls sagt
das meine Mama, die viel von diesen Dingen versteht.
Es heißt, daß ein Kind sich für immer in ihr verlaufen
kann. Daß zwei Menschen sich jahrelang suchen können, ohne sich je zu finden. Aber mir gefällt meine Stadt.
Auch wenn ich eines Tages plötzlich allein dastehe und
nicht mehr nach Hause und zu meinen Freunden zurück-
finde. Wenn ich groß bin, zeichne ich einen Plan, um
mich nicht zu verlaufen. Es ist bestimmt sehr traurig,
sich in einer Stadt zu verlaufen. Darum gehe ich nie sehr
weit von zu Hause weg. Das Haus, in dem ich wohne,
fällt vor Altersschwäche schon in sich zusammen. Es gibt
viele Ecken, in denen man sich verstecken kann, und
egal, wo man ist, kann man den Straßenlärm hören. Ich
gehe sehr gern auf die Straße runter, Würmer fangen in
der Pfütze, die sich unter der Regenrinne an der Ecke
bildet, wo der Gehsteig einsinkt und das Wasser monate-
lang steht, oder mit meinem Taschenmesser zwischen
den Mauersteinen stochern und die Verstecke der Amei-
sen entdecken, oder mit den anderen Kindern Bildchen
tauschen. Aber meine Mama läßt mich jetzt nicht mehr
auf die Straße runter. Sie sagt, daß es gefährlich ist, also
bin ich den ganzen Tag oben eingeschlossen, ohne raus-
zugehen. Mein Zuhause ist ganz lang wie eine Eidechse,
und man kommt von einem Zimmer ins andere. Um
mein Zimmer von ihrem zu trennen, hat Oma einen
Schrank dazwischen gestellt. Zwischen dem Schrank und

der Wand ist eine Art Höhle, wo meine Spielsachen sind, und da spiele ich Entdecker oder General oder Arzt. Bevor mein Papa weggegangen ist, hat er auch mit mir hinter dem Schrank gespielt. Jetzt ist er nicht da, und meine Mama hört abends Radio, versteckt unter einer Decke, damit niemand es hört, und sie sagt, daß es gefährlich ist, auf die Straße runterzugehen. Wenn mein Papa eines Tages von da wiederkommt, wo er ist, sagt sie, können wir alle drei wieder zusammen rausgehen, wie früher. Und haben Geld, um die Wohnung zu streichen, denn guck mal, wie es hier aussieht, alles bröckelt von den Wänden. Im Wohnzimmer blättert der Kalk ab, und ich reiße gern die Kalkstückchen von der Wand und lege damit Figuren wie Elefanten, Schiffe und Löwen. Ich mag Tiere sehr gern, aber meine Oma nicht. Sie stört es, die Wände ohne Farbe zu sehen. Deshalb kann ich die Wände nur kaputtmachen, wenn Oma spazierengeht oder Erledigungen macht und ich alleine bleibe mit meiner Mama, der es nichts mehr ausmacht, die weißen Flekken zu sehen, und die sich sogar freut, wenn der Elefant wirklich wie ein Elefant aussieht. Wenn Oma wiederkommt, ist sie so böse, daß es aussieht, als würde sie die ganze Welt auffressen, aber sie frißt niemanden, weil meine Mama mich immer verteidigt. Der Arme ist den ganzen Tag alleine, was soll er denn tun, wenn er sich langweilt, er ist doch ein liebes Kind, so eingesperrt in der Wohnung den ganzen Tag. Sie lassen mich nicht runter zum Spielen, und ich freue mich schon, wenn die Weihnachtsferien endlich zu Ende sind und ich wieder in die Schule kann. Die Schule fällt auch vor Altersschwäche in sich zusammen. Die Pulte sind voller Kratzer, Namen und Zeichnungen, so daß es aussieht, als ob nicht ein einziger Strich mehr draufpassen würde. Und trotzdem erscheint immer eine neue Krickelei über den anderen und bedeckt sie eine Zeitlang, bis wieder eine neue

Krickelei, ein anderer Name oder ein schärferes Taschenmesser auftauchen. Die Bilder an den Wänden sind so verblichen, daß man sich nur noch denken kann, daß der große rosafarbene Fleck früher eine Schar Flamingos war und der große blaue Fleck ein riesiger blauer Fisch mit offenem Maul. Trotzdem wissen wir Kinder alle auswendig, daß der rosafarbene Fleck die Flamingos sind und der blaue der große blaue Fisch, und wir reden von ihnen als Flamingos und blauem Fisch und wissen alle, daß wir über die verblichenen Bilder sprechen, die an der linken Wand des Klassenzimmers hängen. An der rechten Wand sind die Fenster. Drei Fenster. Zwei sind offen und eins ist zu, denn wenn das auch aufgemacht wird, scheint der Lehrerin die Sonne ins Gesicht. Die beiden offenen Fenster gehen auf den Schulhof, und wenn wir keine Pause haben, zur Strafe, weil wir im Unterricht geredet haben oder so, wie damals, als die aus der 6 B angefangen haben, *jingle bell, jingle bell, hier kommt der Fidel* zu singen und wir mitgesungen haben und die Lehrerin ganz nervös geworden ist und die Direktorin gesagt hat, daß sie alle einsperren läßt, und wir, ohne zu wissen warum, angefangen haben, *Streik, Streik, Streik* zu brüllen und dann eine Woche lang keine Pause mehr hatten, konnten wir durch die Fenster die anderen Kinder sehen, wie sie herumliefen und sich Bälle aus Papier und leere, in Streifen geschnittene Zigarettenschachteln zuwarfen. Da kribbelt es einem in den Beinen und man will auch loslaufen. Wir fänden es alle besser, wenn die beiden Fenster auch zu wären wie das, durch das der Lehrerin die Sonne ins Gesicht scheint. An der Wand vorne sind der Tisch der Lehrerin und die große schwarze Tafel. Hinten ist ein Schrank, in dem die Flaschen mit weißem Klebstoff aufbewahrt werden. Das sind welche, bei denen der Pinsel in der Flasche steckt und man ihn am Deckel rauszieht, und der Deckel ist immer ganz verschmiert, und die Finger werden klebrig. Außerdem liegen da viele bunte Blätter zum Basteln und die Kreide und die Lesebücher. Der Schrank ist immer zu. Die Schule ist um vier Uhr aus. Dann wartet Mama am Ausgang auf mich, und wir gehen nach Hause. Früher durfte ich noch ein bißchen auf der Straße bleiben. Jetzt, wenn ich sage, Mama, laß mich nach draußen zum Spielen, antwortet sie nicht, aber wenn wir am Laden vorbeikommen, kauft sie mir das Feuerwehrauto, das wir letzte Woche gesehen haben. Und ich weiß nicht, wo sie das Geld her hat, weil Opi sagt, daß es in diesem Haus noch nicht mal ein paar Münzen gibt und daß er das ganze Geld ranschaffen muß, das wir ausgeben. Er sagt, daß mein Papa rücksichtslos ist und verantwortungslos, weil er einfach so weggegangen ist, ohne an seinen Sohn und seine Frau zu denken, egal, wie viele Ideale er hätte. Ich weiß nicht, was das ist, diese Ideale, die mein Papa hat, und ich frage Mama, ob Papa krank ist oder so. Aber sie hört mich kaum, weil sie unter die Decke kriecht, um Radio zu hören, das ganz schrecklich klingt, es pfeift und knattert, als würde es explodieren. Und wir kommen mit dem Feuerwehrauto nach Hause, und da macht es mir nicht mehr soviel aus, daß Mama mich nicht auf die Straße läßt, obwohl ich meinen Freunden gern zeigen würde, wie die Sirene klingt, wenn ich das Auto auf dem Fußboden herumfahren lasse, und wie auf dem Führerhäuschen das Licht blitzt, als wäre mein Feuerwehrauto echt. Und als wir mit dem Feuerwehrauto nach Hause gingen, sahen wir den Mann. Der Mann war ein sehr alter Mann, und als wir ihn sahen, saß er auf einer Bank im Park und starrte ein Blatt an, das vom Baum auf sein Bein gefallen war. Ich weiß nicht, warum, aber ich habe gedacht, wenn ihm das Blatt so gefällt, daß ihm dann auch eine kleine grüne Grille gefallen würde, die ich in einer Streichholzschachtel hatte, also ging ich hin und zeigte ihm meine Grille. Und er kriegte keinen Schrecken, sondern nahm sie in die Hand und sagte, daß die Grillen nicht im Gras leben, wie die Leute sagen, sondern in Streichholzschachteln, die durchlöchert sind, damit sie Luft kriegen, und daß sie am glücklichsten in den Streichholzschachteln sind, weil sie wissen, daß außerhalb der Streichholzschachtel ein kleiner Junge ist, der ihnen immer wieder Essen reinsteckt und ihnen mit dem Finger über den Rücken streicht, und das würde sie glücklich machen. Und dann sagte er eine Weile nichts mehr, und dann sagte er, man kann allerdings nie wissen, denn die Grillen sind sehr dumm und vermissen vielleicht den Ort, an dem sie geboren sind, das Gras im Wind und das Zirpen in der kühlen Nacht, und dann versuchen sie zu entwischen oder sterben vor Trauer. Obwohl er nicht wüßte, was er tun würde, wenn er eine Grille wäre, sagt der Alte. All das sagte er, und meine Mama gab ihm die letzte Pesete, die sie noch im Portemonnaie hatte. Als wir nach Hause kamen, war meine Tante nicht da. Und es war schon sehr spät, als meine Tante nach Hause kam. Omi stand vom Tisch auf und fing, ohne was zu sagen, an zu weinen. Da hörte Opi auch auf zu essen und zog seinen Gürtel aus der Hose und sagte, noch nicht mal der heutige Tag wird respektiert, und dann ging er zu Tante ins Zimmer. Ich hab noch nie gesehen, wie ein Erwachsener verhauen wird, weil auch wenn Tante sehr jung ist, ist sie schon erwachsen und arbeitet in einem Büro und geht alleine auf die Straße und so. Aber so war es, als Opi vom Tisch aufstand und sich den Gürtel aus der Hose zog. Ich hab Opi auch noch nie so ernst gesehen wie an dem Abend, und als ich dasaß und aß, hörte ich Tante schreien und Opi schreien, und der sagte was ganz Lustiges, lebendes Streichholz[1] oder laufendes Streichholz oder so. Und ich stellte mir ein Streichholz vor von denen, mit denen man Zigaretten anzündet, das mit aufgerichtetem Kopf auf einem

Beinchen herumhüpft. Ich weiß nicht, warum Opi Tante verbietet, nochmal mit dem lebenden Streichholz herumzulaufen, vielleicht ist es einer, der so heißt und den Opi nicht mag, weil er sehr laut schreit. Und Omi sagt, er soll still sein und bloß vorsichtig, und fängt an, die Fenster zuzumachen, und ich höre immer noch, wie sie schluchzt, und auch das Geräusch, das der Gürtel beim Hauen macht, und ich hatte Lust, vom Tisch aufzustehen und Opi am Arm zu packen und ihm zu sagen, hör auf, weiter Tante zu verhauen. Was ist passiert, Mama? Nichts, mein Junge, iß weiter, iß weiter. Nichts ist passiert, dein Opi ist böse auf deine Tante. Iß, sonst wird dein Essen kalt. Aber ich hatte keine Lust mehr zu essen und blieb steif sitzen und wartete. Und Mama bewegte sich auch nicht und aß auch nicht. Bis nach einer ganzen Weile Opi wiederkam und uns ansah, sich mit der Hand durchs Gesicht fuhr und den Gürtel anzog und sich wieder an den Tisch setzte, und da rührte er mit der Gabel im Reis herum und machte kleine Berge, Täler und Wege zwischen den Bohnen, aber er aß auch nicht. Und ich sah, daß er rote Augen hatte und Opi tat mir leid, aber meine Tante tat mir auch leid. Und als ich im Bett lag, habe ich darüber nachgedacht, daß, wenn ich erwachsen wäre wie Tante und in einem Büro arbeiten würde, und ein Opi würde mich mit dem Gürtel verhauen, dann würde ich alle meine Sachen in einen Koffer packen und von Zuhause abhauen, durch die Gegend laufen und in der ganzen Welt nach meinem Papa suchen. Und ich weiß nicht warum, aber ich habe angefangen zu weinen und habe lange geweint, bis ich eingeschlafen bin. Und heute morgen war ich sicher, daß ich meine Tante nicht wiedersehen würde, weil sie für immer weggehen würde. Deshalb bin ich zu ihrem Zimmer gegangen, um mich von ihr zu verabschieden und ihr zu sagen, daß ich sie verteidigen würde, wenn sie wollte. Und ich wartete eine ganze Weile auf sie, bis sie ganz nervös herauskam, und als ich sie ansprach, war es so, als ob am Tag davor gar nichts passiert wäre. Sie lachte ganz doll, strich mir mit der Hand über den Kopf und sagte, daß der Mann sich aus dem Staub gemacht hätte. Der Mann hat sich aus dem Staub gemacht, schrie sie. Und ich dachte, sie spricht von dem Grillenmann, aber es war wohl ein anderer, jemand, den meine Tante nicht mochte und sich deshalb freute, daß er sich aus dem Staub gemacht hat. Und ich dachte, versteh einer die Erwachsenen, und dann fragte ich Tante, ob es sehr weh tut. Was denn? Opis Gürtel, sage ich. Da lacht sie laut und sagt, nur ein bißchen. Aber du hast ganz laut geschrien. Aber ich habe nicht geschrien, weil es mir weh tat, sondern, weil wir uns gestritten haben. Worüber? Aber da kam ein Mann mit Brille und faßte meine Tante bei den Schultern. Und Mama schrie in der Küche auf und stürzte heraus, um ihn zu umarmen. Und ich weiß nicht, wer dieser unrasierte Mann ist, der mich in die Luft hebt. Es ist dein Vater, sagt meine Tante. Es ist dein Vater, wiederholt sie. Und als er mich wieder auf den Boden stellt, renne ich auf den Balkon und gucke auf die Straße, wo es aussieht, als würden alle feiern. Sie umarmen sich, laufen hin und her. Ein paar junge Männer nehmen Eisenstangen und hauen damit auf den Parkuhren herum. Das kann man alles vom Balkon aus sehen. Und als die Parkuhren kaputt gehen, rollen die Peseten auf die Straße. Und dann sehe ich, wie der alte Grillenmann die Peseten einsammelt, die auf dem Bürgersteig liegengeblieben sind. Und ich laufe ganz schnell auf die Straße und helfe dem Alten, sich die Peseten in die Tasche zu stecken, und sage ihm, daß Havanna wohl doch nicht so groß ist, wie alle sagen, weil mein Papa wieder nach Hause gefunden hat.

ORIGINAL-
FASSUNG

Vor kurzem ist in Florenz der letzte der außerehelichen Nachfahren der Familie Bardi verstorben. Diese Nachricht könnte von all jenen übersehen werden, die nicht wissen, daß es ein echter Bardi war, der Beatriz, die Muse Dantes und Inspiration für die *Göttliche Komödie*, geehelicht hat. Bis zu seinem Verscheiden hatte dieser Unglückliche ein Originalmanuskript der berühmten Verse unter größtem Stillschweigen verborgen gehalten. Unglücklicherweise stammen diese – vom März 1300 datierenden – Blätter zweifelsfrei aus der Hand des florentinischen Genies. Bestünde hieran auch nur der geringste Zweifel, so hätte diese Geschichte nicht die mindeste Möglichkeit gehabt, je ans Licht der Öffentlichkeit zu kommen. Es ist anzunehmen, daß die strenge Geheimhaltung während so vieler Jahrhunderte einem Motiv gehorcht, dessen Unfaßbarkeit an sich diesen Schleier des Schweigens erklärt. Die Bögen dieser Erstversion beschränken sich auf den *Canto V*, in dem die Wollüstigen verurteilt werden. Die hier in ihrer ursprünglichen Fassung erhaltenen Originalverse wurden später einer mit Sicherheit absichtlichen, von Dante eigenhändig vorgenommenen Änderung unterzogen, welche als definitive Fassung in die Geschichte eingegangen ist und die Tragödie von Paolo und Francesca erzählt. Die berühmten Liebenden, die leichtfertig dazu verurteilt wurden, vom Wind getrieben gemeinsam umherzuirren, und nicht, wie sie es angesichts der schändlichen Natur ihrer Liebe, von der die unglückselige Hinterlassenschaft Bardis Zeugnis ablegt, verdient hätten, nämlich im Dritten Zirkel des Siebten Kreises als Sodomiten zu büßen (wo sogar der Meister des Dichters, Micer Brunetto Latini, unter dem Feuerregen einsam verbrennt), hießen in Wirklichkeit *Paolo y Francesco*. Diese schreckliche Entdeckung verändert die Vorstellung, die bis jetzt von diesem Werk bestand, und wirft brennende Fragen auf: 1. Hat die Übertretung des Gesetzes der Geschlechter den erhabenen Dichter dazu veranlaßt, den letzten Buchstaben des Namens zu ändern, um ihn dank eines Schreibfehlers (wenn man das so nennen kann) in eine Francesca zu verwandeln, die, wiewohl eine Sünderin, die unantastbaren Gebote der Männlichkeit nicht auf so herausfordernde Weise übertrat? 2. Warum wird Paolo und Francesco eine gewisse Gnade zuteil, während ihresgleichen zum ewigen Feuer verurteilt worden sind? 3. Hat Dante diese Version bevorzugt, um seine Leser nicht zu beunruhigen und Generationen von Schülern ungetrübt lernen zu lassen?

Wie dem auch sei, wir sind nun gezwungen, *Die Göttliche Komödie* von A bis Z zu überprüfen, die Literaturgeschichte, die Regeln der Logik und Ethik seit Aristoteles neu zu formulieren und vielleicht das gesamte Gebäude der westlichen Kultur niederzureißen. (Und wer weiß, wieviel weitere Hekatomben diese Enthüllung noch im Universum auslöst!)

ABGEHAUEN

Ich bin neun und heiße Sonia   morgens gehe ich zur Schule und nachmittags auf die Straße mit René spielen Mami will nicht daß ich mit René spiele aber ich sage zu ihr daß sie mich auf die Straße lassen soll weil ich mit den Puppen nicht reden kann wie mit René der mein Freund ist   René redet viel und weiß eine Menge schöner Spiele   er zeigt mir wie ich meine Hände auf dem Rücken festbinde und dann wieder loskriege und wie ich eine kleine Kröte in die Tasche stecke ohne ihr weh zu tun   René ist neun wie ich aber er ist kleiner und dünner   und wenn wir uns nebeneinander stellen versucht er immer zu schummeln um so groß zu sein wie ich   aber ich gewinne immer und René wird ganz wütend und sagt daß ich eines Tages aufwache und eingelaufen bin und er groß ist   so groß wie ein Riese und daß ich dann große Angst vor ihm habe   und daß René mich in seinen Hut steckt und mich ganz ganz ganz hoch hebt damit ich sehen kann was auf der anderen Seite vom Strich ist wo das Meer aufhört und so hat es angefangen   daß ich das sehen wollte und herumspazieren   wir sollten abhauen ohne daß Mami es merkt und René sollte mich mitnehmen auf Schatzsuche   allein rumlaufen ohne Papi und Mami und uns im Wald verlaufen oder in einer Schlucht oder was weiß ich   aber alle sollten glauben daß wir tot sind und eines Tages würden wir wiederkommen wenn wir schon groß sind und René vielleicht einen Bart hat und dann würden wir ganz ko-

misch reden damit uns niemand versteht   und nur wir
beide uns verstehen   das wollte ich alles aber René sagte
daß ich Angst davor hätte von zu Hause wegzulaufen
und sofort anfangen würde zu heulen weil ich doch ein
kleines Mädchen bin und wieder zu Mami zurück wollte
aber ich habe ihm gesagt nein und nochmals nein   ich
würde nicht weinen und weil wir so achtzig Centavos
hatten die René besorgt hatte damit kommt man glaube
ich sehr weit haben wir angefangen die Reise heimlich
vorzubereiten   ohne es jemandem zu sagen und wir
sind an einem Nachmittag weggegangen um an dem Tag
nicht in der Schule zu fehlen und ich habe Kekse mitge-
nommen für den Weg und Papis gelbe Mütze falls es kalt
wird und René hat auch eine schwarze Jacke mitgenom-
men von seinem Opa als er Seemann war und in seiner
Frühstücksdose ein paar kleine Bananen die er von vor-
mittags aufgehoben hatte   und die achtzig Centavos
     und ich glaube daß er ein bißchen Angst hatte als er
kam um mich abzuholen auch wenn er es nicht zugeben
wollte   aber ich wußte daß René nicht weggehen wollte und daß er seine Mama und seine Omi sehr vermissen
würde   und da sagte ich zu ihm meine arme Mami so
allein ohne mich   und genau da fing er an zu heulen
während wir gingen und zum letzten Mal all die wunderschönen Dinge sahen die es in unserer Straße gibt   den
kaputten Bürgersteig aus dem das Wasser wie ein Was-
serfall rausläuft wenn es doll regnet   das große Schloß
an dem Gitter das nie aufgeht ich weiß auch nicht warum   das Blümchen das zwischen den Ziegelsteinen
wächst und von dem wir immer gedacht haben daß es
gleich stirbt oder die Ziegel es irgendwann ganz verschluk-
ken   aber René hat mir kein einziges Mal gesagt daß
wir dableiben sollen   und ich habe auch nichts gesagt
obwohl ich ein kleines Mädchen bin   und als wir an der
Schule vorbeigekommen sind hat René aufgehört zu wei-

nen und zu lachen angefangen und ich mußte auch ganz doll lachen weil ich wohl dasselbe dachte wie René und zwar was für ein Gesicht die Lehrerin machen würde wenn sie alles erfuhr daß René und ich ausgerissen sind abgehauen und daß wir gerade an der Schule vorbeikommen und keiner was weiß nur René und ich und dann hat mir René das Päckchen Kekse abgenommen um es für mich zu tragen und ich habe ihm die gelbe Mütze von Papi aufgesetzt damit er noch mehr wie ein Pirat aussieht mit dieser schwarzen Jacke von seinem Opa

und dann hat mich René an die Hand genommen und mir sein silbernes Messer geschenkt das schöne Messer von René daß ich mir immer leihen wollte und das er mir nie geliehen hat und jetzt war ich so fröhlich daß ich mich gar nicht mehr an Mami und alles andere erinnerte und nur daran dachte daß René und ich zusammen durch die Gegend laufen und ich endlich Renés silbernes Messer habe daß René ein Pirat ist mit der gelben Mütze und den achtzig Centavos in der Jacke von seinem Opa und plötzlich sagte René wir sind da und es war der Malecón wir haben uns hingesetzt und die Kekse gegessen und die Bananen für später aufbewahrt

und wollten auf ein Schiff warten um uns im Laderaum zu verstecken weil wir Piraten waren die aus einer riesigen uralten Burg geflohen sind voller Spinnen und mit einem Buckligen der nachts die Glocken läutet und die Leute gingen an uns vorbei ohne zu merken daß wir ganz böse Piraten waren und alle massakrieren würden wenn wir die Kekse gegessen hätten und René zog sich die Mütze über die Augen und lachte ganz doll jedesmal wenn das Meer uns bespritzte und mit der Spitze von meinem Messer habe ich *Sonia* und dann *und René* auf die Mauer geschrieben und die Sonne brannte und René lachte immer noch und ich hatte Lust René René René zu schreien und da kam plötzlich Papi und fing an

zu brüllen und mir den Hintern zu versohlen   und er
packte mich hart am Arm und zog mich von der Mauer
    und ich habe ihn getreten und ihm gesagt ich wäre
ein Pirat der fliehen würde   und René sagte daß er ihm
mit dem silbernen Messer die Kehle durchschneidet wenn
er mich nicht losläßt   aber Papi achtete nicht auf ihn
und während er mich hinter sich herzog guckte ich weinend zurück und sah wie René vor der Mauer stand   und
mich ansah   mit der gelben Mütze in der Hand und
den achtzig Centavos in der Jacke von seinem Opa.

DAS
DEBUT

Für Fefé Diego

Es ist gerade kurz nach ein Uhr mittags, aber die Straßenlaternen leuchten schon. Als Cristina die Wärme der Metro spürt, steckt sie sich den Finger in die Nase und dreht ihn rein und raus in einer Art, die als Ungeduld aufgefaßt werden könnte. Ohne es verbergen zu wollen, bohrt sie in der Nase, und zwar mit ihrem Zeigefinger, dem Verantwortlichen für dieses offensichtliche Zeichen schlechter Erziehung in der Metro, die trotz des Moskauer Winters mit seinen grausamen Temperaturen von minus dreißig Grad ziemlich voll ist. Was macht dieses Mädchen hier allein, das wie ein verlorenes Schäfchen wirkt, aber nein, die aggressive Arbeit des Fingers an den Nasenwänden scheint Symptom für etwas Ernsteres zu sein. Die Passagiere betrachten sie mit wachsendem Erstaunen, und dann taucht der Finger plötzlich wieder auf, jetzt mit einer dunklen Kruste überzogen, das heißt mit trockenem Blut. Niemand hat Cristina davor gewarnt, daß die Kälte alle Säfte aus dem Körper zieht. Ihre Ohren fühlen sich feucht an, die Schenkel; es kommt ihr vor, als würde sie auslaufen. Auch ihre Augen tränen, aber nicht vor Kälte, natürlich nicht.

»Tödliche Blutung«, sagt Cristina mit lauter, ein bißchen heiserer Stimme, und rückt mit der linken Hand die lächerliche Mütze zurecht, die verfluchte *Schapka* des Nachbarn von oben, die ihr so schlecht steht. Die Mädchen ihres Alters, da hat sie bereits *richtig* hingeguckt, tragen kokette Mützchen aus Hasenfell oder dem Fell eines anderen Steppentieres, der letzte Schrei. Und sie, Cristina, trägt nichts geringeres als diese Mütze mit den riesigen Ohrenschützern, die an beiden Seiten des Kopfes herunterbaumeln. Trotzdem danke. Sie ist ihre Rettung, um in den Straßen Moskaus nicht völlig zu erfrieren; es friert wirklich Stein und Bein. Dies ist kein Spiel, Cristina.

Währenddessen beobachten die Passagiere der Metro Cristina mit inzwischen unverhohlener Neugier und betrachten auch ihren Zeigefinger, den sie wie eine Fahnenstange vor den Augen aufgerichtet hat und der bis zur Hälfte mit trockenem Blut bedeckt ist. Sie sieht bestimmt schrecklich aus mit dieser Männer-*Schapka*, die drei- bis viermal zu groß ist, das einzig Winterhutähnliche, was Papi hatte besorgen können, und dem dunkelgrünen Schal mit den vorn herunterhängenden Fransen, der die siebzehn Spanienreisen von Tante Elvira überlebt hat, und dem anderen, von der Oma gestrickten Schal, der die wahre Wärme liefert. Sie hat ihn um ihren Hals gewickelt, den sie steif gegen die Rückenlehne des Sitzes in der Metro preßt, die voller Leute ist, die den Mund öffnen, die Augen tellergroß aufreißen, sich die Hände ans Gesicht halten, so als würden sie sagen: »Was ist das denn, du meine Güte!« Ihr Aufzug wurde vervollständigt durch sechs *Sweater*, einer über dem anderen, zuletzt der rotgeblümte; sie sieht bestimmt aus wie eine *Matrioschka*, oben herum dick und unten herum nur die lange Unterhose von Onkel Daniel, darüber die Hose aus violettem Stoff und die Herbststiefel, die gegen den Schnee völlig machtlos sind. Ach Cristina, du vergißt das Beste an der Staffage, nämlich den in Galianos Laden ausgeliehenen Mantel mit der undefinierbaren Farbe und einem gut sichtbaren Brandfleck auf der rechten Tasche, dessen Stil den Moskauern auffallen muß, weil er sie an die Eroberung des Winterpalais im Jahr 1917 erinnert; er ist museumsreif. Aber Cristina ist das alles ziemlich egal. Sie muß jetzt über ernstere Dinge nachdenken. Über den Finger voller Blut macht sie sich im Augenblick auch noch keine Sorgen.

Plötzlich hebt sie den Kopf und sagt in klarem, lautem Spanisch, das im Waggon widerhallt:

»Ich komme aus Kuba!«

Sofort kommt Bewegung in die Passagiere. *Licht aus, Spot an!* Einige stoßen sich mit dem Ellenbogen an, andere lächeln, die von gegenüber trommeln auf die Griffe ihrer Aktentaschen. Dann kommt der Ton, und sie sagen zueinander: *Kubinka, kubinka.* Ein Alter, mit genau der gleichen *Schapka* auf dem Kopf wie Cristina, kommt zu ihr, legt ihr den gefransten Schal wieder richtig um, der vorn heruntergefallen ist, und gibt ihr noch einen Klaps auf den Finger. Die Litanei des Alten ist für Cristina so gut wie unverständlich, aber etwas kriegt sie mit davon, die dunkle Flüssigkeit, die auf dem kriminellen Finger schon getrocknet ist, scheint nicht so dramatisch zu sein. Der Alte läßt die Haltestange los, verschränkt die Arme vor der Brust und beginnt, ein Geräusch von sich zu geben, sowas wie *brrrrr...! brrrrr...!* Alle Passagiere lachen und wiederholen die Geste. *Ist das kalt!* scheint der ganze Waggon mit diesen Faxen auszurufen. Der Alte hat Cristina daran erinnert, daß sie gerade durch verschneite Straßen gelaufen ist, wo sie kaum atmen konnte, daher das Nasenbluten kurz zuvor im Freien. Die Kälte ist schuld, sagen die Passagiere in Cristinas Waggon mit diesem *brrrrr...!* und ihrer Pantomime der vor der Brust zitternden Arme.

Auch der Trainer Benítez hat der Kälte die Schuld gegeben. Cristina senkt wieder den Kopf, und sie vergißt den Aufruhr in der Metro und das Blut am Zeigefinger.

Die Niederlage gestern nachmittag, was für eine Katastrophe! Benítez gab dieser teuflischen Kälte die Schuld, doch Cristina weiß, daß die Temperatur nichts damit zu tun hat.

Wenn Papi davon erfährt, kriegt er eine Million Herzinfarkte. Sie hört Papis Stimme wieder; seit sie in der Wiege lag, kam von ihm immer der gleiche Spruch: Das Mädchen gibt noch mal eine gute Turnerin ab.

»Guck dir mal ihre Beine an.«

»Was meinst du?«

»Das Mädchen, du hast richtig gehört. Weißt du noch, als wir uns kennengelernt haben? Ich bin jeden Tag meine Bahnen gelaufen.«

»Ja, das weiß ich noch.« Mami hatte sich dem Hof genähert und das Mädchen aufmerksam beobachtet.

»Sieh dir das mal an! Sie geht in die Hocke, ohne sich am Geländer festzuhalten.«

»Das sage ich ja. Sie hat einen guten Körper.«

Papi ist dick, er hat sich so gehen lassen, seit er verheiratet ist!

»Was glaubst du – Ballettänzerin?« hatte Mami gefragt.

»Von wegen, Alte. Ich sage dir, sie hat das Zeug zur Turnerin«, hatte Papi entschieden geantwortet.

Mami hatte zustimmend mit dem Kopf genickt und wiederholt:

»Sie hat aber auch einen Körper!«

Seit Cristina denken konnte, wie man so sagt, hatte sie immer das gleiche zu hören bekommen: *Cristina ist die Wettkampfsiegerin der Familie.* Und das Leben einer Siegerin ist kein bißchen einfach. Das kann ich dir sagen, Cristina. Man muß eisernen Willen haben: die Schule und danach das Training, Tag für Tag. Süßigkeiten schaden dir, mein Kind, das mußt du verstehen! Du mußt dich zusammenreißen, wenn du gewinnen willst. Schokoladeneis ist Gift, Cristina, nicht mal im Traum dran denken. Alle Träume müssen etwas mit der Medaille zu tun haben. Eine Medaille von den Olympischen Spielen, nichts weniger. Du schaffst es, Cristina.

Vielleicht ist dies der richtige Augenblick, um klar zu sagen, daß Cristina im Leben nichts anderes wollte, als die beste Turnerin zu sein. Die beste Turnerin Havannas, die beste Turnerin Kubas, die beste Turnerin der Welt, die beste Turnerin der ganzen Milchstraße! Man muß natürlich irgendwo anfangen, und jeden Nachmittag brachte Papi sie zum Training in den Parque Martí, *eins zwei, eins zwei, eins zwei,* der heiße rötliche Staub, der ihr in die Augen drang, die zwickenden Turnschuhe, die brennende Sonne, das alles war unwichtig. Jeden Abend vor dem erschöpften Einschlafen wollte sie mit Mami erzählen. Mami war mit dem schmutzigen Geschirr in der Küche beschäftigt und hatte keine Zeit zu kommen, Papi war es, der kam, seinen Kopf neben ihr Kissen legte und sagte: »Mach die Augen zu und träum, wie du auf die Tribüne steigst, Cristina, dann verneigst du dich elegant, hör nicht auf zu lächeln, wenn sie dir die Medaille um den Hals hängen.« Der Traum ihres Lebens, DIE MEDAILLE. Und die Nationalhymne erklingt, *paaam pa ra pam,* die kubanische Flagge steigt langsam bis zur Spitze der Fahnenstange empor, aus dem Publikum erklingt tosender Applaus. Das ist Cristina, die Wettkampfsiegerin der Familie Bermúdez!

Deshalb machte dem Mädchen die strenge Diät nichts aus, das gesamte Protein des Hauses war nur für ihre genauestens geplanten Mahlzeiten da. Auch das tägliche Training machte ihr nichts aus, der zeitig ausgeschaltete Fernseher, weil sie früh ins Bett mußte, um im Morgengrauen, wenn es noch kühl war, aufzustehen, mit viel Opfergeist, wie Papi sagte. Und keine Spielkameraden. Das Leben einer Wettkampfsiegerin!

Genau eine Woche vor der Reise nach Moskau gab es einen Zwischenfall. Es war auf Cristinas Geburtstagsfest, die gesamte Familie versammelt, der Nachbar von oben mit dem kleinen Fotoapparat, um den Anlaß festzuhalten. Papi nahm Cristina an die Hand, um die Torte anzuschneiden, sie steckte in dem blauen Turnanzug, ein Geschenk von Papi.

»Dies ist ihr erster Turnanzug als Wettkampfsiegerin«, sagte Papi, während er die Kerzen anzündete.

»Es ist nicht einfach, dort zu gewinnen.« Onkel Daniel versenkte den Löffel in die Torte.

»Du redest Blech«, fuhr Papi wie ein wildes Tier auf.

»Cristina ist Meisterin auf dem Schwebebalken. Es gibt keine, die besser ist.«

»Wenn du es sagst«, erwiderte Onkel Daniel.

»Alle Welt sagt es, Junge«, brauste Papi wieder auf, während die dünnen Kerzen auf der Torte niederbrannten.

»Das wichtigste ist, dabeizusein.« Onkel Daniel blieb hartnäckig.

»Von wegen!« schäumte Papi. »Rede meiner Tochter keinen Defätismus ein. Sie weiß ganz genau, daß nur der Sieger die Medaille holt. Ist das klar?«

Da erklang klar, wenn auch ein bißchen heiser, Cristinas Stimme:

»Was ist ein Orgasmus?«

Ach du großer Gott, was gab es da für einen Wirbel! Papi klebte ihr eine, daß ihr Kopf herumflog.

»Wer hat dir diese Schweinerei beigebracht?«

Mami schrie:

»Du darfst nicht an solche unanständigen Dinge denken.«

Die Familie veranstaltete eine Art Wettlauf um den Tisch, der Nachbar von oben drückte auf den Auslöser, und Cristina kam weinend auf das Foto, mitsamt den auf der Torte niedergebrannten Kerzen.

Die Tränen laufen ihr in Strömen über das Gesicht. Cristina betrachtet wieder ihren mit getrocknetem Blut verschmierten Zeigefinger. Der Alte mit der *Schapka* steht im Gang und weiß nicht, was er tun soll. Mit fragendem Blick wendet er sich an die anderen Passagiere, die nun alle laut reden und sich sogar von ihren Plätzen erheben. Ein von Cristina hervorgerufener Aufstand im Metro-Waggon. »Warum weint das Mädchen so? Sie hat sich bestimmt verlaufen.« Ja, sie hat sich verlaufen, aber Cristina weint nicht nur deswegen, und auch nicht nur wegen des Blutes an ihrem schlecht erzogenen Finger.

Immer und immer dieselben Bewegungen, wiederholt im Takt der Musik, *Blue moon,* und danach etwas Schnelleres, von dem sie den Namen nicht wußte. Übungen, als würde sie zur Melodie tanzen, danach der Schwebebalken. Cristina machte keinen Fehler, sie spürte, wie leicht ihre Muskeln waren, genau wie in der Turnhalle der Ciudad Deportiva in Havanna, aber *irgendwas stimmt nicht.* Cristina merkte es. Sie machte ihren berühmten Todessprung und kam ohne das kleinste Ungleichgewicht wieder auf die Füße, wie ein Star. Sie schaute zu den Kampfrichtern hinüber und sah auf der Anzeigetafel die erwartete Punktzahl: 9,7. Ein gutes Ergebnis.

Aber *irgendwas* war los. Cristina bewegte sich nicht wie eine Siegerin, nein. Nur eine Spur von etwas, das sie nie zuvor bemerkt hatte, fehlte dazu. Was konnte das sein? Sie beobachtete ihre Gegnerinnen und wußte nicht, was die, die eine Meisterin ist, von derjenigen unterscheidet, die keine ist. Warum hat ihr das niemand vorher erklärt? Auf dem Teppich wiederholte sie die tausendfach im Training geprobten Übungen, die Musik war zäh, und in ihrem Inneren begann irgend etwas zu zerfallen.

Benítez spornte sie von der Bank aus an, sein Blick war zuversichtlich. Auch Cristina wußte, daß sie es nicht schlecht machte. Aber auch nicht so tadellos, wie sie es gern gewollt hätte. Irgendwas fehlte. Sie blickte ins Publikum und sah die freundlichen, nachsichtigen Gesichter, die nickten: Ja, es lief alles gut. Aber nicht *sehr gut.* Cristina, was ist mit dir los? Sie kniete nieder, um sich einen Schuh zuzumachen, und hatte das Gefühl, als würde sie vom Blick eines Mädchens durchbohrt, das sie selber war und das im Publikum saß mit der verfluchten *Schapka* und Omas Schal um den Hals. Und dieses Mädchen bewegte den Kopf von den Bankreihen aus in die andere Richtung, von rechts nach links, und sagte nein, ihre Lippen öffneten und schlossen sich still, aber Cristina verstand trotzdem, was sie ihr sagen wollte: Du hast nicht das Zeug zur Siegerin.

Der siebte Platz im ersten Durchgang. Aber sie schied nicht aus, und der Trainer klatschte:

»Du warst großartig!«

Cristina schaute ihn überrascht an. Dann sagte sie: »Stimmt ja gar nicht. Ich war völlig fertig.«

»Na gut, es war mittelmäßig, aber jedenfalls bist du im Finale. Morgen...«

»Ich mache nicht weiter«, unterbrach ihn Cristina.

»Was sagst du«, sagte Benítez mehr, als daß er fragte.

»Genau das. Ich scheide aus.«

»Was denkst du dir! Ungezogene Range! Du mußt in die Endrunde kommen!« schrie der Trainer hysterisch.

»Ich kann nicht.« Cristina senkte die Stimme.

Der Trainer schaute sie verständnislos an.

»Du denkst nur an dich... Und was soll ich machen? Ich bin eine Verpflichtung eingegangen. DAS ZIEL! Die hundertprozentige Erfüllung geht zum Teufel, versteh das doch!«

»Ich kann nicht«, wiederholte Cristina mit dünner Stimme.

»Es ist deine einzige Chance.« Benítez senkte ebenfalls, überredend, die Stimme.

»Ich weiß. Aber ich kann nicht.«

»Du mußt lernen, nicht immer die Beste zu sein!« platzte es wieder aus Benítez heraus.

Cristina sah ihn an, ohne zu wissen, was sie antworten sollte. Sie hatte zwar die Idee im Kopf, fand aber keine Worte. Wenn sie schon nicht als Turnerin die Beste sein konnte, dann vielleicht als Putzfrau, auch wenn Papi eine Million Herzinfarkte bekäme. Auf dem Lebensweg hinterläßt man den Schutt dessen, was man hätte sein können und nicht war. Man muß eine Wahl treffen, seinen Platz finden, egal welchen. Weder die Nerven noch die Kälte hatten Schuld. Sie war keine Spitzenturnerin und Schluß. So einfach war das.

»Das wird dich teuer zu stehen kommen!« schrie Benítez schließlich.

Cristina ging in die Hotellobby hinunter. Sie wünschte, eine Bahn würde sie überrollen. Das Hotel lag an einem kleinen Park, auch wenn all seine Bäume jetzt kahl und die Zweige schneebedeckt waren. Sowas Schönes, der Schnee! Cristina drückte die doppelflügelige Tür auf, zog sich den Schal bis zur Nase und trat auf eine Allee hinaus, in der merkwürdige Busse verkehrten, die oben an einem Kabel hingen. Sie klappte die Ohrenschützer der verfluchten *Schapka* herunter und ging bis zum Park. Dort entdeckte sie einen Tunnel, der unter der Allee hindurchführte. Als würde sie ihn bereits ihr Leben lang kennen, stieg Cristina in den Tunnel hinunter und tauchte auf der gegenüberliegenden Straßenseite wieder auf, die ebenfalls schneebedeckt war und ab und zu durch einen Streifen spiegelglattes Eis unterbrochen wurde. Sie lief ein paar Häuserblocks weit, die Kälte war sehr streng, ihre taub gewordenen Füße schmerzten in den Herbststiefeln, ihr fiel das Atmen schwer, ihre Hände waren eisig in den rissigen und fast nutzlosen Lederhandschuhen. Eine Gruppe Passanten verschwand eilig in einem

Eingang, über dem *Station Smolenskaja* stand. Der Fluß derer, die hineingingen, und der anderen, die herauskamen, erschien Cristina wie eine warme Welle, so daß sie beschloß, sich dort hineinzuflüchten. Sie zog eine Fünf-Kopeken-Münze aus der Tasche und stieg in die Netro. Sie hatte vorher nicht eine Sekunde darüber nachgedacht, aber plötzlich gab es auf der ganzen Welt keine bessere Idee. Als sie im Waggon war, blieb ihr nichts anderes übrig, als mit dem schuldigen Zeigefinger ihre Nase zu untersuchen.

Nun weint und weint sie, und nichts kann ihre dikken Tränen aufhalten. Die Metro-Passagiere haben nach einem kurzen Konzil beschlossen, daß einer von ihnen das verirrte Mädchen zurückbringen muß. Ein junger Mann, der wie ein Student aussieht, radebrecht in einem Kauderwelsch aus Portugiesisch und Latein, von wo zum Teufel sie weggelaufen sei, wie das Hotel hieße. Jetzt ist Schluß, der Ausflug ist zu Ende, sie muß sofort wieder zurück.

Eine Stunde später ist Cristina von ihrem Spaziergang zurück. Niemand in Sicht, weder der Trainer Benítez noch jemand von der Botschaft oder sonst irgendwer. Cristina geht auf ihr Zimmer und direkt ins Badezimmer, um sich aus dem Kleiderberg zu schälen. Ah, so schön warm, daß man es sich nicht vorstellen kann, daß draußen der Jahrhundertsturm wütet. Kochend heiße Rohre steigen an der gekachelten Wand hoch; die Badewanne füllt sich langsam mit dampfendem Wasser. Cristina zieht sich mit einer Art Gemessenheit aus, sie läßt die Pullover nacheinander auf den Boden fallen, und da, einmal nackt, entdeckt sie, daß die lange Unterhose von Onkel Daniel blutbefleckt, blutbedeckt, blutdurchtränkt ist. Das hat sie sich schon gedacht. Der Tod ist ihr seit gestern auf den Fersen. Das Beste, was ihr passieren kann: lieber tot als ohne Medaille nach Hause zu kommen.

Cristina bückt sich vorsichtig, wie jemand, dem ein Bein eingeschlafen ist, und hebt die lange Unterhose von Onkel Daniel auf, die völlig durchtränkt ist, überzogen mit demselben rötlichen Fleck wie ihr Zeigefinger. Für den Anfang beschränkt sie sich darauf, mit dem Beweis ihres schrecklichen Schicksals in der Hand stehenzubleiben. Sie dreht sich zum Badezimmerspiegel, bleckt die Zähne und streckt sich dann selbst die Zunge heraus. Es sieht alles noch ganz normal aus; trotzdem läuft sie gerade aus. Ihr Körper würde völlig blutleer in sich zusammensinken. Oh Schreck, oh Graus! Wankend kehrt sie ins Zimmer zurück. Draußen, durch das Fenster, ist der Schneefall zu sehen, gleichgültig gegenüber ihrem Unglück. Auf dem Hotelparkplatz spielen drei Jungen Fußball mit einem wunderschönen orangefarbenen Ball. Sie achtet nicht auf sie. Ein einziger Gedanke beherrscht sie: Ihr bleiben nur noch wenige Sekunden zum Leben.

Sie wickelt sich in einen Morgenmantel, öffnet die Tür, läuft auf den Korridor und dann, so schnell sie kann, die Treppe hinunter. Wohin sie läuft? – Wer weiß. Sie durchquert einen mit Teppichboden ausgelegten Korridor, stößt eine Glastür auf und landet plötzlich in der Hotelküche. Drei beleibte Köchinnen, die gemächlich ihren Verrichtungen nachgehen, sehen sie mit einer Mischung aus Schrecken und Entrüstung an. Was ist das für eine Erscheinung? Nach ein paar bedrückenden Sekunden beginnen sie in einer Art Kauderwelsch miteinander zu reden. Cristina versteht kein einziges Wort Russisch. Sie versucht, etwas zu erklären, doch am Ende fällt sie einer der Köchinnen weinend in die Arme. Der, die ihrer Oma so schrecklich ähnlich sieht!

Die alte Köchin tätschelt dem Mädchen den Kopf und trocknet ihr mit der Schürze die Tränen. Obwohl sie nicht verstehen, was vor sich geht, tut ihnen das weinende Mädchen furchtbar leid. Schließlich macht Cristina eine Geste der Verzweiflung und schreit aus voller Kehle das einzige, was ihr in den Sinn kommt: *SOS!* Das versteht jeder. Die drei Frauen sind verdattert. Heiliger Himmel! Was ist nur los? Nach einem kurzen Dialog beschließen sie, Cristina auf ihr Zimmer zu begleiten. Dort verwandelt sich das Ganze in die Szene eines Stummfilms. Cristina zeigt ihnen die blutbefleckte lange Unterhose und macht danach eine Handbewegung, als würde ihr die Kehle durchgeschnitten; man weiß schon, der Zeigefinger, der von links nach rechts über den Hals fährt; das soll heißen: *Ich bin geliefert.*

Große Beredsamkeit ist in dieser Situation nicht möglich, doch es ist anzunehmen, daß die Zeichensprache ausreichend deutlich ist.

Deshalb kann sich Cristina die Ursache für das breite Lächeln der Frauen nicht erklären und auch nicht, warum sie sich angesichts einer solchen Enthüllung lächelnd gegenseitig anstoßen. Ihr scheint es auch nicht vernünftig, daß eine von ihnen eilig weggeht, um kurze Zeit später mit einer Wodkaflasche, vier Gläsern und einem Teller Gewürzgurken und gelbem Käse wiederzukommen. Worauf soll angestoßen werden? Die drei Frauen umarmen sie ein-, zwei-, dreimal und beginnen mit einer weiteren Runde merkwürdiger Worte, doch mit ihrem Gesichtsausdruck und ihren Gesten geben sie Cristina zu verstehen, daß es kein Problem gäbe, daß alles vorbeigehen würde, daß sie auf keinen Fall sterben würde, jedenfalls zur Zeit nicht, sondern daß sie einfach nur größer wurde. So ist das Leben! Auch wenn Cristina weiterhin nichts verstand, tat ihr der Schluck Wodka, offen gesagt, sehr gut. Es ist wirklich ziemlich schwierig aufzuhören, ein Turnstar zu sein.

DER
HINTER-
BLIEBENE

Die Steine des Weges formten kleine Buckel unter den Schuhen. Harte Geschwulste, die sich unbarmherzig in die Fußsohle bohrten. Ab und zu jedoch wurden die von den Straßenbäumen abgefallenen Früchte zerdrückt. Sie platzten mit einem Knacken unter der Sohle. Der Fuß spürte, wie die rosige Masse zerquetscht wurde. So zart. Und dann wieder die Steinchen.

Jetzt hatte er einen matten, eigentümlichen Geruch in der Nase, eine Mischung aus Petroleum, feuchter Erde und Holz. Vor gerade mal einem Monat hatte er denselben Weg zurückgelegt. Damals hatte er weder das eine noch das andere gespürt. Unter Qualen hatte er sich dem Wagen, in dem Matilde von ihm ging, hinterhergeschleppt – wie alt seine Beine waren! Und diese Beklemmung? Sie war wie ein Sack, der sich in seinem Hals aufblähte und hart wurde. Matilde hätte erraten, daß er in solchen Augenblicken an nichts dachte. Es heißt, daß der Schmerz die Sinne schärft und man den Tau auf den Blättern, den Flügelschlag eines Insektes bemerkt. Bei körperlichem Schmerz vielleicht, sagte Matilde immer, aber beim anderen stumpfst du ab. Du verstehst es nicht, um die Dinge zu trauern, wie es sich gehört, Severino.

»Matilde, ich kann nicht trauern. Erst, wenn alles vorbei ist, kommt es mir vor, als würde mir Schmirgelpapier die Brust von innen scheuern.«

»Man merkt, daß du Tischler bist«, antwortete Matilde. »Mich packt der Schmerz von Anfang an ganz und gar. Du kannst nicht trauern.«

Matilde kannte sein Innerstes gut. In seinem ganzen Leben war keine andere Frau so in seine Tiefen vorgedrungen wie sie. Sechs Monate nach dem Tod des Sohnes begann Severino, wie ein Kind zu schluchzen. An jenem Mittag hatte er ein Stück Papier gefunden, das der Junge einst bekritzelt hatte, mit seiner von der Eile seines Lebens getriebenen schrägen Handschrift, und die Schleusen des Schmerzes hatten sich geöffnet, und mit dem Kopf auf Matildes Schoß hatte Severino ihre Frage gehört, ob das Schmirgelpapier jetzt angefangen hätte, sein Herz zu scheuern.

Als er hinter dem Wagen herging, in dem Matilde ihn verließ, hatte er nichts gespürt, nichts gerochen.

Jetzt, beim ersten Besuch, bohrten sich die Steinchen in seine Schuhe, und dann die Früchte, was lösten sie aus? Mit Riesenschritten wurde seine Brust von Vergangenheit und Gegenwart überrannt. So jung, nackt, zu der von Matilde bevorzugten Zeit, am frühen Abend um sechs, sieben Uhr, im Zwielicht. Oder im Morgengrauen, wenn die letzten Traumbilder noch in den Augen pochten. In Farbe zu träumen, ist nicht gut, Severino. Versuch doch, schwarzweiß zu träumen.

»Ich kann nicht, Matilde, so sehr ich es auch versuche.«

Wie es Matilde wohl ging? Es gibt ja kein Jenseits mehr. Aber diese andere Vorstellung. Die Körperfarbe, verändert durch die Einwirkung des Todes. Was für Gerüche. Die Würmer. Besser gar nicht dran denken. Du willst nie an das Schlimmste denken, sagte Matilde immer. Fünfzig Jahre lang hatte sie ihm das gesagt. Es war ihr erster Satz, als sie sich auf dem Deck der dritten Klasse kennenlernten, bei ihrer Auswanderung nach Kuba. Die übereinandergestapelten Menschen. Der Sturm, das deutsche U-Boot in Sicht, das Schiff im Dunkeln, jetzt ist es aus, und Severino, der seine kühne Hand zwischen die Spitzen ihres Kragens schob. Denkst du nie an das Schlimmste? Severino hatte nicht geantwortet, während er die zarte Haut spürte, die unter seinen Fingern fest wurde, und dabei gleichzeitig gebrummelt, einen Scheißhunger wird uns dieser Krieg bescheren. Der Sohn, von Tuberkulose zerfressen, wurde ihm aus einer feuchten Zelle aus La Cabaña[1] zurückgebracht, und so kam Severino zu seiner Marotte, die Tochter jeden Nachmittag im Luna Park spazierenzuführen. Das war vor dreißig Jahren. Als Matilde im Sterben lag, stutzte er seine Nägel mit einem vernickelten Nagelkneifer. Du willst dich nie um das Schlimmste kümmern.

»Compañero!« Die Stimme schreckte ihn auf. Ein junger Mann blicke ihn fest an. Severinos Gedanken gerieten ins Schleudern. Jetzt redest du gleich Blödsinn, sagte Matilde immer. Aber wer war dieser Mann, daß er meinte, ihn in seinen Gedanken unterbrechen zu können?

»Compañeros sind nur die Ochsen[2]. Was wünschen Sie?«

Der Mann schien zurückzuweichen, aber ohne einen Schritt zu tun, innerlich.

»Entschuldigen Sie, Señor.«

Severino spürte, daß dieses Wort von sehr weit her kam. Wie durch einen Riß.

»Ich wollte Sie nicht stören«, fuhr der junge Mann fort. »Ich suche die Feuerwehr.«

»Die Feuerwehr?« Severino betrachtete seine faltigen Handrücken. »Einen Block weiter auf der rechten Straßenseite.«

»Vielen Dank«, verabschiedete sich der Mann.

Severino fühlte sich plötzlich allein. Alleingeblieben mit dreiundsiebzig Jahren. Deshalb achtete er so auf die Gerüche, die Erinnerungen, die sich immer leichtfüßiger ins Gedächtnis schlichen, die Steine, die in seine Schuhe eindrangen, und die Früchte, die seinen Fußsohlen schmeichelten.

Ein Wagen tauchte neben ihm auf. Aha, sagte sich Severino, noch einer, der von uns geht, wohin auch immer. Er hob den Blick und sah den Trauerwagen, der einsam die Straße entlangrollte. Kein einziger Begleiter. Nicht einmal ein Blumenstrauß. Wer da wohl drin ist? Lange gelebt wahrscheinlich, zu lange. Bei Beerdigungen kann man von weitem nur mit einer vagen Sicherheit darüber spekulieren, ob es sich um einen Erwachsenen oder ein Kind handelt. Die weißen Kästen haben auf den ersten Blick etwas Herzzerreißendes und Leuchtendes. Aber dieser? Ein Toter ohne Hinterbliebene, wen auch immer. Nicht eine Frau, nicht ein Verwandter, nicht ein Freund. Keiner, der trauert. Dieser arme Teufel geht allein. Allein im Tod. Die Einsamkeit ist große Scheiße, Matilde.

»Fahrer, hören Sie mal! Der Verstorbene heißt...«

»Mit Nachnamen Rodríguez.«

»Aha.«

Der Wagen bog in eine Gasse ein. Severino beschleunigte seinen Schritt nicht. Er spürte, wie sich die Sonne verdunkelte.

»Es wird regnen«, bemerkte er.

»Nein«, sagte der Fahrer. »Es sind die Spatzen.«

Aus den Augenwinkeln betrachtete Severino die Wolke Spatzen, die über dem Trauerzug flatterte. Jetzt gehen wir schon nicht mehr so allein, Matilde. Schon wieder diese Angewohnheit aus letzter Zeit, stumme Unterhaltungen zu führen. Keiner, den der letzte Gang von Rodríguez gekümmert hätte. Die Steinchen, die Früchte und dieses Schmirgelpapier, daß seine Brust scheuerte.

»Brauchen Sie Hilfe?« wandte er sich mit leicht fragendem Unterton an den Fahrer.

Der Wagen war vor zwei Männern in Arbeitskleidung stehengeblieben, die neben einem für das Begräbnis vorbereiteten Grab warteten. Zu viert ließen sie den Sarg vorsichtig über lange Ledergurte hinabgleiten.

»Tut mir leid, Großvater.« Die Stimme des einen Totengräbers klang näselnd, bekümmert. Severino fuhr sich mit der Hand über die Augen. Er weinte. Was für eine Blamage, dachte er.

»Sind Sie der nächste Hinterbliebene?« fragte der Fahrer.

Severino zuckte mit den Schultern und antwortete nicht. Er blieb noch einen Augenblick, um Rodríguez die Blumen zu hinterlassen, die er in Gedanken an Matilde gekauft hatte. Sie hätte es sicher verstanden und dieser Geste für den Compañero Rodríguez zugestimmt, der im Tod fast allein gegangen wäre. Die Einsamkeit ist große Scheiße, Matilde.

Unglücks-
RABE

Für Rogelio Rodríguez Coronel

Das goldene Armband blitzt in der Schatulle wie ein geheimnisvoller Lichtstrahl in der Dunkelheit. Einen kitschigeren Satz gibt es nicht. Doch es war faszinierend, die winzigen Kettenglieder, die unschuldig auf dem schwarzen Samt des Kästchens ruhten, unter den Augen verschwimmen zu lassen. Heiliger Himmel! Wie es glänzte, genau wie die Augen des Babalao Flores[1] in jener Nacht, als sie Zenobia während der Nachtwache des Stadtteilkomitees erschienen. Es hatte schon vor längerer Zeit eins geschlagen, und auf der Straße war *keine Menschenseele*. Wenigstens schien es so, zum Donnerwetter!

Zoilita, die Nachbarin, war gerade ins Haus gegangen, um ein bißchen Kaffee zu holen, und Zenobia nutzte die Gelegenheit und setzte sich auf die Mauer am Tor. Hinter ihr quietschte eine rostige Eisenpforte. In der Ferne miaute eine Katze. Was sonst, klar, es war das Logischste, was passieren mußte, zieht man in Betracht, was danach geschah. Mitten in finsterster Nacht sah Zenobia die Augen des Babalao Flores, die wie in einer unsichtbaren Flüssigkeit schwammen. Kaum zu glauben: nur die Augen!

Ehrlich gesagt, war Zenobia bis dahin nie mit einer Veranlagung zum Medium oder zur Geisterbeschwörerin aufgefallen. Immerhin erforderte dieser ganze Kram größere Anstrengungen, wozu ihr die Energie fehlte. Das war schon so gewesen, als sie ein kleines Mädchen war.

Da war sie sogar zu faul gewesen, beim Essen den Mund zu bewegen. Ihre Mutter war es nicht müde geworden, sie anzutreiben, selbst als ihr Stündlein auf dem Operationstisch geschlagen hatte: Mein Kind, so kommst du zu nichts!

Für Zenobia war das Leben nie etwas anderes als Schicksal gewesen. Jetzt hatte sie die Augen des Babalao Flores vor sich, die auf einer unsichtbaren Leine hingen. Sie war so erstaunt, daß sie keine Zeit hatte, sich zu erschrecken. Andererseits – was konnten sie ihr schon Böses antun, ihr, der treuen, der gläubigen, der gehorsamen Zenobia. Vielleicht waren sie ein Zeichen dafür, daß sich ihr Los endlich zum Guten wendete. Zoilita würde sie jedenfalls nichts davon erzählen – man wußte ja nie. Die jungen Leute glauben ja nicht einmal an den eigenen Schatten. So atheistisch, so realistisch wie Zoilita war! Sonst würde sich die Erscheinung des Babalao Flores womöglich im ganzen Viertel herumsprechen, und Zenobia würde von einem Tag auf den anderen zur Witzfigur. Nur über meine Leiche, Mädchen! Als Zoilita mit dem Kaffeebecher wiederkam, beschränkte Zenobia sich darauf, das Gespräch vorsichtig um das Thema kreisen zu lassen.

»Wie lange ist der Babalao Flores jetzt schon unter der Erde, Zoilita?«

»Puuuuuuh...!« Zoilita machte eine Handbewegung, die so aussah, als verscheuche sie im Zeitlupentempo eine Fliege. Damit stellte sie klar, daß es zu lange her war, als daß sie sich noch daran erinnern könnte. Abgesehen davon war das Thema lästig.

»So lang nun auch wieder nicht.«

Zoilita unterbrach sie:

»Alabao[2], Mädchen, erinnere mich bloß nicht an diesen Tagedieb.«

Tagedieb erschien Zenobia als ein Schimpfwort, das ihrer eigenen Version des Babalao Flores wenig angemessen war. Sie wollte das Gespräch auf ein weniger kontroverses Thema lenken, was ihr jedoch nicht recht gelang.

»Du hast vielleicht ein Glück gehabt mit deinem Mann, Zoilita!«

»Wie meinst du das – Glück?«

Nicht ein Pfeil Zenobias traf ins Schwarze. Sie versuchte, sich zu erklären:

»Das Rad des Lebens, Zoilita. Mit den einen meint es das Schicksal gut, mit den anderen...« Die Pünktchen blieben ebenfalls in der Nachtluft stehen, schienen jedoch einen Kreis um Zenobia zu ziehen, der enger wurde.

»Schicksal, so ein Quatsch! Hör zu, was ich dir sage: Sein Schicksal sucht sich jeder selbst.« Ohne Umschweife richtete Zoilita ihren Zeigefinger auf Zenobia und fügte kategorisch hinzu:

»Alles andere ist Blödsinn, Vorwand, Rechtfertigung, Mäusezirkus.«

Zenobia zog die Schultern hoch und ließ das Thema fallen. Diskret blickte sie in die Ecke, in der vor Sekunden die Augen gehangen hatten. Nur die Augen des Babalao Flores, unverwechselbar. Doch von der Erscheinung war keine Spur mehr zu sehen.

Nach dieser Nacht fing es an, daß Zenobia diese Sätze hörte. Sie waren sehr seltsam. Ohne jeden Zweifel waren sie ein Hinweis, ein Vorzeichen, ein Stichwort, schwer zu sagen. Sie sollte auf die Probe gestellt werden. Wie lange wird das jetzt so weitergehen? Wo doch Zenobia selbst fand, daß sie bereits ihr ganzes Leben auf die Probe gestellt worden war. Weder Glück mit den Männern noch eine dauerhafte Arbeit – Zenobias Existenz war ein STÄNDIGER SCHWARZER FREITAG. Heilige Mutter Gottes, vielleicht würde sich ihr Schicksal nach der Erscheinung der Augen ja endlich bessern.

Irgend etwas würde passieren. Erst die Augen wie an einer unsichtbaren Wäscheleine, der Hauch des Geistes, der sich ausgerechnet während der Wache des Komitees gezeigt hatte, und später ohne Ankündigung zu jeder Gelegenheit diese verdrehten, schwülstigen Sätze voll kryptischer Botschaften. Leute, das war ein Ding! Erst Totenstille, dann ein Flüstern in den Ohren, das sich mit Geheul in der Ferne verlor, wie in einem Horrorfilm. Das Flüstern enthielt fast immer eine Weisung, einen Rat. Haargenau wie die Anweisungen des Babalao Flores zu Lebzeiten.

Als Zenobia nach Guanabacoa gezogen war, war ihr erster förmlicher Besuch der im Haus des Babalao Flores gewesen. Es war aus Bruchstein gebaut, genau wie alle anderen Häuser des Viertels. Dort lebte die gesamte Familie: Schwarze, Chinesen und Mulatten jeden Alters. Im Torbogen stand eine Gruppe schmiedeeiserner Stühle, das Übliche eben. Na ja, was man so *gewöhnlich* nennt. Auch das übrige Haus fiel nicht weiter auf. Doch der Meister amtierte im Hinterhof. Und da herrschte wirklich das andere, DAS VERSCHIEDENE, nicht wahr?

Ihre beste Freundin Raquel hatte es gleich danach übernommen, Zenobia zu überzeugen. Sie mußte sich vom Babalao Flores beraten lassen, um im Leben wieder obenauf zu sein, um dieses Pech von sich abzuschütteln, Mädchen!

Ihr erster Besuch im Hinterhof war ihr in beunruhigender Erinnerung geblieben. Wer hätte gedacht, daß dort so viel Publikum hineinpaßte! Von der Straße aus hätte sich das niemand auch nur vorstellen können. Meine Herren, es waren mindestens fünfzig Leute da.

»Wir kommen besser ein andermal wieder«, sagte Zenobia, die den Besuch schon wieder bereute. Diese erzwungene Heimlichtuerei, diese Atmosphäre aus Verschwörung und Schüchternheit, als wären sie bei einer

Totenwache unter freiem Himmel, gefielen ihr gar nicht. Und dazu noch diese Blicke, mit denen jeder festgenagelt wurde, der neu hinzukam. Sie fühlte sich wie ein Eindringling. Was für eine Idee, hierher zu kommen! Besser wäre sie im Bett geblieben, mit heruntergezogenen Rolläden, anstatt ihre Energie so zu verschwenden. Zenobia begann, sich heftig nach der ruhigen Dunkelheit ihres Zimmers zu sehnen, wo sich niemand mit ihr anlegte oder ihr das Gefühl gab, daß sie anderen das Vorrecht streitig machte. Ein Recht aus einer nicht stofflichen Welt, was sagst du dazu?

»Von wegen!«, setzte Raquel ihr unnachgiebig entgegen. »Das ist hier doch immer so. Was denkst du denn: Die Hälfte dieser Leute kommt vom Land und meldet sich bis zu drei Monate im voraus an.«

Eine in die Jahre gekommene Dame, die sich mit einem riesigen Palmwedel Luft zufächelte, mischte sich in die Unterhaltung ein:

»Ich habe heute nacht nicht einmal geschlafen, um für meine Schwiegertochter anzustehen.«

Zenobia war es gewohnt, Schlange zu stehen. Sie hatte in ihrem Leben schon in den verschiedensten Schlangen angestanden. Aber diese! Die erste, in der sie anstand, um ihr Schicksal zu erfahren. Sich mit dem JENSEITS in Einklang zu bringen!

Es fiel ihr schwer, es auszusprechen, aber schließlich sagte sie:

»Wer ist der letzte?«

Raquel riß die Augen auf und stieß sie versteckt mit dem Ellenbogen an:

»Aber Mädchen, du bist gleich schon dran.«

Dann flüsterte sie ihr ins Ohr: »Ich hab die Sache für dich geklärt und mit einem Kumpel gesprochen, einem Vetter vom Babalao – sie lassen dich vor. Für irgendwas müssen die Kollegen doch gut sein, oder? Mach dir keine

Gedanken. ES LÄUFT ALLES WIE AM SCHNÜR-
CHEN.«

Zenobia und Raquel blieben neben dem mit roten
Blüten überwucherten Zaun stehen. Der Hinterhof war
brechend voll. Irgendwer hatte überall Holzbänke, Klapp-
stühle und sogar Kisten aufgestellt, die als Sitzplatz dienten. Ein etwa sechzigjähriger Mann lag rücklings mit
ausgestreckten Beinen auf dem Rasen und döste. Neben
ihm stand ein Käfig mit einem Affen. Am unteren Ende
des Hofes stand eine fensterlose Holzbaracke mit Zink-
dach. Zenobia nahm an, daß der Babalao Flores darin
seine Besucher empfing.

Sie ließ ihren Blick über den Hinterhof schweifen
und blieb am Käfig hängen. Der Affe sah proper aus. Er
saß auf einer Plastikmatte und lehnte behaglich und un-
tätig an den Gitterstäben. Kurze Zeit später kam eine
Frau mit einem Handfeger aus dem Haus und begann,
den Käfig auszufegen. Der Affe schaute ihr träge und etwas überheblich dabei zu. Die Frau fegte die Schalen,
Exkremente und angenagten Körner auf eine Kehrschaufel
und leerte diese in einen Mülleimer, den sie ins Haus
trug. Kurze Zeit darauf erschien sie wieder und stellte
dem Affen frisches Wasser hin. Zenobia hörte, wie Eis-
würfel mit dem Prasseln eines Wasserfalls in die Schale
fielen. Zum Schluß überquerte die Frau den Hinterhof
mit einem Tablett. Erst da bedachte der Affe sie mit ein
wenig Aufmerksamkeit: Auf dem Tablett türmten sich
Mangos und spitzbogige, dampfende Stücke, die Zenobia
für gebratenen Kürbis hielt. Der Affe mußte nichts weiter tun, als seine Hand ein wenig zu bewegen, um sich
die auserlesene Speise in den Mund zu führen. Zenobia
verspürte so etwas wie Neid. Das war ein glücklicher
Affe.

Ab und zu trat ein Mulatte mit chinesischen Zügen
aus dem Haus. Raquel stellte ihn vor:

»Zenobia, das ist Chan Li Po, der Gehilfe des Meisters.«

Der Mann, den Raquel ganz selbstverständlich Chan Li Po nannte, nahm Zenobias Hand und tätschelte sie ein bißchen. »Es ist gleich soweit«, sagte er.

Tja, und dann durften sie ungefähr noch vier Stunden warten. Zenobia kamen sie wie eine Ewigkeit vor. Sie fühlte sich zerschlagen, enttäuscht. Nie würde *der große Augenblick* kommen. Und dann passierte plötzlich alles gleichzeitig: Aus der Küche des Hauses zog ein Duft nach gebratener reifer Banane herüber, und aus der Tür des Babalao Flores schoß eine Kokosnuß, die auf dem Zementboden wenige Schritte neben dem Schlafenden zerplatzte, der erschrocken aufwachte. Die Schale verteilte sich über den Rasen, die Blicke begegneten sich mit so etwas wie Angst, und dann begann der Affe zu onanieren. Zenobia verzieh sich den materialistischen, gotteslästerlichen Gedanken nicht, der ihr in jenem entscheidenden Augenblick durch den Kopf ging: Kein Zweifel, der Mensch stammt vom Affen ab.

Sofort versuchte sie, sich zu verbessern, denn, man merkt es, der Gedanke ist evolutionistisch und völlig konträr zur gesamten Atmosphäre im Hinterhof des Babalao Flores.

»Es ist eine Sache der Veranlagung. Der Stier könnte nicht…«

Raquel schaute sie verständnislos an. Doch Zenobia konnte den Gedanken nicht weiterspinnen, denn neben ihr stand der chinesisch angehauchte Mulatte, dieser geheimnisvolle Chan Li Po, und forderte sie mit leichtem Schubsen gegen die Taille auf, in die Holzhütte einzutreten.

Zenobia dachte, daß sich ihr Leben von diesem Tag an bessern würde. Mit Hilfe von Babalao Flores würden sich alle ihre Wege ebnen. Raquel kannte ihn schon viele Jahre und war ihm ergeben.

»Stell dir nur vor, wie weit ich es dank des Meisters mit Alfredo gebracht habe!« Raquel erzählte ihr von der Begegnung mit Alfredo, der halb verhungert durch die Calle Pajarito streunte, ohne seine sechs Fuß Körpergröße richtig zu nutzen, mit herabhängendem Schnurrbart wie der mexikanische Fernsehclown Cantinflas und ohne eine Pesete in der Tasche. Raquel beschloß, ihn unter ihre Fittiche zu nehmen, zog ihn ordentlich an, bezahlte ihm die Ausbildung und ließ ihn solange nicht ihn Ruhe, bis er das Ingenieurdiplom in der Tasche hatte. Damals konnte man auf Kuba die Leute an den Fingern abzählen, die davon etwas verstanden. Als sich die Amerikaner zurückzogen, wurde Alfredo zu einer Schlüsselfigur innerhalb des Unternehmens. Er arbeitete wie ein Besessener, das ist die reine, unverfälschte Wahrheit, Mädchen. Sie lebten in Saus und Braus. Und es bestand sogar die Möglichkeit, daß Alfredo ins Ausland reiste. Was denkst du denn! Und in diesem Augenblick begann das Wirken des Babalao Flores.

Die erste Arbeit, die der Meister für Raquel ausführte, war die Sache mit dem Fiat. Weißt du, wie es ist, ein Auto zu haben und sich nicht mehr in diese klapprigen Busse zwängen zu müssen? Also am wichtigsten ist, daß man dran glaubt. Das sage ich dir. Nachdem sie gerade vierzehn Tage das Haus des Babalao Flores frequentiert hatte, wurde Alfredo ein Firmenwagen zugewiesen.

»Was du nicht sagst!« staunte Zenobia. Und ihre Bewunderung für den Meister stieg.

Danach kam die Sache mit den Reisen. Babalao Flores verkündete Raquel, daß es eines besonderen Manövers bedürfe, wenn man aus der Ferne etwas bewegen oder Hindernisse beseitigen wollte. Chan Li Po hatte präzisiert, daß die Unternehmung siebenundfünfzig Pesos kostete. Was auch immer, antwortete Raquel. Wenn die Orishas[3] befehlen, gehorcht man. Raquel war zu allem entschlossen. Aber, Mädchen, natürlich durfte Alfredo davon nichts mitbekommen.

Seitdem mußte Raquel neue Pein ertragen. Einen gutaussehenden Mann mit Auto zu haben, versalzt einem alles. Die unbekannte Frau, die häufig im Muschelorakel auftauchte, machte sie fürchterlich unruhig. Sie fing an, Alfredo zu bewachen, an seinen Taschentüchern zu schnüffeln, seine Hosentaschen auf links zu ziehen, in seinem Notizbuch zu lesen. So konnte sie nicht weiterleben. Raquel erzählte Zenobia, wie sie auf Anraten des Babalao Flores ein abscheuliches Gebräu zusammengemixt hatte, aber was sollte sie anderes tun! Aus Honig, Menstruationsblut, zwei Knoblauchknollen und einer halb gerauchten Zigarre. Ich kann dir gar nicht sagen, Mädchen, wie das stank, es konnte einem schlecht werden. Sie hielt das Gebräu drei Monate lang unter dem Ehebett versteckt. Hätte Alfredo das mitgekriegt, er hätte sie umgebracht. Doch Raquel war entschlossen, die unbekannte Frau aus dem Weg zu räumen, und auch diesen Typen, der in ihrem Kielwasser auftauchte und keine guten Absichten hegte. Es war bestimmt Alfredos Chef, ein Extremist, ein Draufgänger und Karrierist. Was der sich wohl gedacht hatte?

Schwarze Magie, hatte Babalao Flores geantwortet. Koste es, was es wolle. Raquel zeichnete Alfredos Firma auf ein Stück Pappe sowie drei gekreuzte Pfeile mit sechs Punkten, ein Fluch, mit dem heraufbeschworen wurde, daß der Feind Schaden erlitt.

»Ich bin in Alfredos Büro gegangen und habe das Stück Pappe in eine Schublade geworfen. Wie findest du das?«

»Alabao«, hatte Zenobia nur geantwortet.

»Aber du weißt ja, wie es geht mit diesen DINGEN!«

73

Raquel flüsterte, doch die Großbuchstaben hallten im Raum wider.

Nein, Zenobia wußte es nicht.

»Doch, Mädchen. Man muß dem Schicksal natürlich ein bißchen nachhelfen. Zum Friseur gehen, sich der Mode anpassen, den Schmalz der ersten Ehejahre noch mal auflegen. Du weißt schon, was ich meine. Der letzte Schritt war der Sirup, den ich Alfredo täglich mit dem Frühstück untergeschoben habe, um ihn an mich zu binden.«

Kurz und gut. Die unbekannte Frau tauchte in den Muscheln nicht mehr auf, und nur zwei Monate später flog Alfredos Chef. Eine Woche nach seiner Entlassung – siehst du, der Typ stand im Weg – wurde Alfredo nach Portugal geschickt.

»So bin ich an meine ersten ausländischen Schuhe gekommen, meine Liebe.«

Dieser Babalao Flores war einfach grandios.

Aber, um ehrlich zu sein, gingen die Tage ins Land, und Zenobias Leben wurde nicht besser. Chan Li Po strich ihr mit der Hand über den Arm und empfahl ihr Geduld, viel Geduld. Haut und Züge von Chan Li Po waren die eines chinesisch angehauchten Mulatten, aber Babalao Flores war kohlpechrabenschwarz. Seine Großmutter war eine Kimbisa[4] gewesen und, wie es der Zufall will, in Guanabacoa gelandet, wo sie mit einem Kantonchinesen eine Familie gründete und den Cabildo[5] von Matanzas für immer vergaß. Jetzt nahm ihr Enkel die Tradition wieder auf. Doch manchmal konnte man auf dem Hinterhof das übermütige Lachen der Urenkel des Babalao Flores hören, die von der Oberschule kamen, ihre Köpfe in den Hof steckten und sich lustig machten. Sie bewarfen den Affenkäfig mit Steinchen und liefen davon. Vor nichts haben sie Respekt, Mädchen! Zenobia sah sie wie durch einen Nebel, während sie darauf wartete, an die

Reihe zu kommen und ihm gegenüberzutreten und ihn um Rat zu bitten, den Meister mit dem weißen, gestärkten Hemd, den Silberreifen am muskulösen Unterarm, dem Kettchen aus bunten Perlen am Fußgelenk auf einer Haut, die wegen Durchblutungsproblemen viel zu grau war. Immer trübt das Weltliche den Geist, ach, aber die Seele des Meisters quoll über vor Liebenswürdigkeit und Reinheit. Die Keuschheit Zenobias mit achtundvierzig Jahren. Zuviel Jungfräulichkeit, sagte sich Zenobia, ob der Meister nicht etwas für sie tun konnte? Doch was war das sterbliche Fleisch schon wert! Hüte dich vor Hauch und Essenz. Immer diese geschwollenen Sätze: Fürchte dich am Tag des Teufels, in der Nacht des Endokí[6], und laß dich dienstags von keinem Auge sehen.

Kurz bevor er starb, befahl der Babalao Flores Zenobia, das Sprechen mit der Geheimtrommel zu lernen. Das war zwar Sache der Männer, doch sein geistiger Vater hatte ihm enthüllt, daß sie nur so den bösen Kräften entgegentreten konnte. Dem Neid, der Habgier, der üblen Nachrede. Sie sollte die Kinfuiti-Trommel reiben, die unter dem Bett versteckt war. Unter jenem Bett, das für Zenobia allein zu groß war.

Raquel fand das Mittel hervorragend. Richte du dich nur nach dem Meister. Mädchen, wo Alfredo doch dank des Getöses der Kinfuiti-Trommel als beispielhafter Arbeiter geehrt wurde! Guck mal, welcher Wohlstand, verkündigte Raquel und öffnete ihre Schranktüren vor den staunenden Augen Zenobias. Dank der Gnadenreichen, die mir zur Seite steht.

Und wann würde sie an die Reihe kommen? Damals, als sie einmal zusammen eine Zeremonie in La Lisa mitmachten, war Zenobia sehr beeindruckt. Bevor sie aus dem Haus gingen, schmierte Raquel Zenobias Schuhe mit einer schokoladenartigen Paste ein. Für allzeit gute Schritte, sagte sie. Zenobia ließ sie gewähren. Raquel wußte eine Menge über okkulte Kräfte, verborgene Arkana, billige Mystik, Wahrsagekunst und kubanische Hexensabbate. Und sie zog mit. Sie kamen sehr früh an. Im kleinen Wohnzimmer des Hauses war ein Altar errichtet worden für die Heilige Barbara oder für Shangó, was dasselbe ist, für den roten, streitsüchtigen Gott, den Weiberhelden, immer zu einem Techtelmechtel aufgelegt. Der gesamte Boden war ihm zu Ehren mit Opfergaben übersät, mit Süßspeisen, Schnapskaraffen, Schalen mit Bohnen, Bonbons, Teller mit Maniok in Soße, Geschenken, um den Santo, den Heiligen, zufrieden zu machen. Raquel bückte sich und legte kandierte Erdnüsse dazu. Im anderen Zimmer wippte ein uralter Mann mit einem roten Schal um den faltigen Hals auf einem Hocker. Über ihm hing ein lackiertes Regal, auf dem eine Stoffpuppe, mehrere Ketten, ein Glas Wasser, ein Kelch aus tschechischem Kristall voll schwarzer Münzen und ein Kupfer-Amulett drapiert waren. Links neben dem Alten hing das hinter Glas gerahmte Bild eines riesigen Auges an der Wand, das auf Zenobia hinabstarrte – zumindest kam es ihr so vor. Eine halbe Stunde später paßte niemand mehr in den Raum; die Körper standen dichtgedrängt und dünsteten Schweiß und den sauren Geruch des mit Talkum und billigem Duftwasser gemischten Alkohols aus. Aus dem hinteren Teil des Hauses drang Getuschel nach vorn und kündigte den Beginn der Zeremonie an, und es wurde rhythmisch lauter, bis die Mehrheit der Anwesenden sich von Kopf bis Fuß im Takt des Gesanges wiegte. Eine alte Frau mit weißen Schuhen, weißem Umhang und weißer Haube trat in die Kreismitte und tanzte dort allein weiter, mit einer bedächtigen und kraftvollen Beweglichkeit, bei der sie ihre Schritte mit dem Schwenken eines gelben Tuches untermalte. Plötzlich trat ein heller Mulatte mit unschuldigem Gesichtsausdruck in den Kreis und stieß einen kehligen Schrei aus. Raquel näherte ihre Lippen Zenobias Nacken und erklärte ihr, daß Yemanyá, die Mutter des Wassers, gerade begonnen hätte, den Mulatten zu reiten. Plötzlich hellte sich das nichtssagende Gesicht des jungen Mannes auf. Guck dir das an, der Junge keucht, als bekäme er einen Anfall; und er vollführte haarsträubende Sprünge, bis er vor Zenobia stehenblieb. Mädchen, er hat es auf dich abgesehen! Mit fürchterlich affektierter Stimme sagte er zu ihr, es wäre viel Licht um sie und sie solle sich nicht mehr sorgen; die Göttin ließe ausrichten, ihr stünden nun alle Türen offen.

Aber nichts davon!

Kurz danach starb Babalao Flores, und einige Zeit später begann Zenobia, die verdrehten Sätze zu hören mit diesem Geheule, das ihr die Haare zu Berge stehen ließ.

Wie die goldenen Glieder des Armbandes in der Schatulle blitzten! All das war das Werk des Babalao Flores. Als Zenobia dieses gebieterische Flüstern in ihrem rechten Ohr hörte, zögerte sie keine Sekunde, steckte die Hand in Romelias Schmuckkästchen und griff nach dem Armband. Die Wünsche von Babalao Flores sind mir Befehl! Die Orishas gebieten. Wozu brauchte Romelia das Armband auch, wenn sie sowieso nie ausging! Alabastern ruht die goldene Fußschelle an deiner Brust, du von den Geistern Erwählte, dort schlummere sie süß, und die Stockung löse sich auf. Jesus tausendmal. Was der Meister mit diesem ganzen Zeugs wohl hatte sagen wollen? Sollen die Toten mit ihren Weisheiten bleiben, wo sie sind. Sie hatte ihm augenblicklich gehorcht, und jetzt ruhte Romelias goldenes Armband in ihrer samtenen Schatulle, wohlverwahrt in Zenobias Schrank. Na klar, wo es hingehörte.

Ob er jetzt glücklich war? Ob sie es ihm recht gemacht hatte? Vielleicht war der Meister mit seiner Schülerin ja schon zufrieden. Was der Babalao Flores jetzt wohl noch von Zenobia verlangte, damit sich endlich die Türen für sie öffneten?

Nur wenige Tage nach dem Vorfall mit dem Armband überfiel Zenobia wieder erst diese ausgedehnte Stille, dann hörte sie das Summen und dann noch einen dieser verworrenen Sätze. Je mehr man sich den Skandal vom Leibe hält, desto donnernder rollt er heran. Löse dich. Der Babalao Flores selbst lieferte die Lösung: Zwinge die unsterbliche Macht mit der Müdigkeit in den Staub. Ein komplizierter, übertriebener Befehl. Wenn doch Raquel bei ihr wäre, um ihr Mut zu machen. Aber nein. So, wie die Dinge lagen, mußte Zenobia allein handeln.

Zenobia öffnete die Tür der Holzhütte und versuchte, sich an die Dunkelheit zu gewöhnen. Chan Li Po wartete auf dieser durchgelegenen Pritsche, die seit den fernen Zeiten des Babalao Flores in einer der Ecken stand. Jetzt lag der Mulatte mit den chinesischen Zügen gleichmütig darauf und betrachtete Zenobia mit seinem in die Breite gezogenen Blick ein wenig unruhig, während sie ihr Kleid aufknöpfte. Chan Li Po sagte kein einziges Wort, und auch Zenobia traute sich nicht, von Babalao Flores zu sprechen, nicht einmal, als sie im Zwielicht des Morgengrauens wieder seine Augen sah, die sich totlachten und immer mehr sehen wollten.

ANAGNORISIS

Kaum ertönte die Klingel, betrat die alte Lehrkraft – Frau Doktor, wie sie in ehrfürchtiger Schlichtheit genannt wurde – den Hörsaal im vierten Stock der Fakultät, jenen neben dem Aufzug, um ganz genau zu sein, von dessen erhabener Kulisse die Zeit, improvisierte Trennwände und heruntergekommene Tafeln nichts übriggelassen hatten.

Frau Doktor begann ihre Vorlesung über »Die Dekadenz der Literatur im 20. Jahrhundert« mit jener schleppenden Stimme, die bei Generationen und Generationen von Studenten berüchtigt war.

Plötzlich, vielleicht weil der Saal unerträglich stickig war oder weil die Wechseljahre ihr mit unbarmherzigen Hitzewallungen zusetzten, verließ Frau Doktor den Raum, um eine halbe Stunde später mit triefenden Haaren, durchnäßter Kleidung und dem Geruch nach feuchtem Gras zurückzukommen, so als hätte sie unter einem Regenguß auf der Weide kampiert.

Die entsetzten Studenten stürzten sich beflissen auf den Lehrstoff und erreichten höhere Noten als je in den Annalen dieses Faches registriert worden waren. Deshalb beschloß die akademische Leitung, Frau Doktor auszuzeichnen, und während des Festaktes dröhnte zwischen den ehrwürdigen Wänden des Großen Hörsaals das dankbare Muhen der letzten Heiligen Kuh.

NICHTS
AUSSER DER
LUFT

Alles fügte sich zusammen. Ich mußte Zeit schinden, und die Morgan Library, an der Ecke Madison und 36. Straße, war nur acht Häuserblocks vom Bryant-Park entfernt, wo ich mich mit K. verabredet hatte. Ich nutzte die Gelegenheit, die das Schicksal mir bescherte, um die Manuskripte von Poe mit eigenen Augen zu betrachten: die enge und nervöse Handschrift, in der das Wort *nevermore* geschrieben war.

Noch immer überrumpelt von der Nähe des Meisters, ging ich die 5th Avenue bis zur 42. Straße hinunter. Niemand schien zu bemerken, daß mir ein Rabe auf den Fersen war.

Und da saß ich dann an jenem eisigen Spätnachmittag des New Yorker Frühlings auf einer Bank im Bryant-Park, versunken in meine düsteren Gedanken über das Verlassensein. K. kam und kam nicht, und ich glaube, er ist gar nicht mehr gekommen. Aber das war egal: Über meinem Kopf auf einem kahlen Zweig saß der Rabe und leistete mir Gesellschaft.

»Einsamer Rabe, verwitweter Rabe«, sagte der Stadtstreicher. Er wandte sich an niemanden Bestimmtes und war von Kopf bis Fuß schwarz gekleidet, wie im übrigen auch ich und die Mehrheit der Passanten New Yorks. Aus einer Plastikflasche trank er in kleinen Schlucken eine durchsichtige Flüssigkeit, die wie Wasser aussah, aber nach billigem Schnaps stank. Er rauchte eine Zigarette nach der anderen, die er aus einem Köfferchen zog, das

auf einem Berg aus Stoff und Papier in einem Einkaufs-
wagen lag, in dem er all seine irdischen Besitztümer auf-
zubewahren schien.

Die Luft wurde dünn, und der Rabe krächzte durch-
dringend. Der Stadtstreicher hob den Zeigefinger und fragte mich:

»Hast du jemals die himmlischen Mächte verflucht?«

Aufrichtig schüttelte ich den Kopf.

»Hast du dich jemals sinnlos betrunken?«

Wieder schüttelte ich den Kopf.

Der Stadtstreicher runzelte tadelnd die Stirn, und ich
dachte, ich würde die Prüfung nicht bestehen. Da gab er
mir noch eine Gelegenheit:

»Hast du jemals versucht, den Schmerz der Seele mit
dem Schmerz des Körpers zu bezwingen?«

Aufatmend nickte ich.

Der Stadtstreicher warf einen komplizenhaften Blick
auf den Raben. »Gewißheiten«, sagte er, »bringen immer
Leid, egal, welche Wahrheit gefunden wird. Van Gogh...«,
und er vollführte mit einer Hand, die so weiß war, daß
die Adern hindurchschienen, eine Bewegung, als würde
er einen Vogelschwarm vor den Wolken der hereinbre-
chenden Dämmerung einfangen, »malte in seinem letzten Lebensjahr Raben im Kornfeld. Raben lassen einen
niemals im Stich.«

Ohne daß ich es gemerkt hatte, war es dunkel geworden. Ich wollte in den Alltag jener sorglosen oder
eiligen Passanten zurückkehren. Da sagte der Stadtstreicher, so als wollte er die Unterhaltung damit beschließen, dieselben Verse auf, die ich nur wenige Stunden zuvor in der Morgan Library gelesen hatte: *Nichts außer der
Luft, die über der magischen Einsamkeit schwebt*[1]. Er sah
mich an, und ich, als hätte ich ein Gespenst gesehen,
erbleichte.

NICOLÁS'
GEHEIMNIS

Die Brigadisten entdeckten das Geheimnis durch Zufall. Es war, als würden sie in ein Gewirr ungewöhnlicher Ereignisse hineingezogen, in einen dichten Urwald voller Überraschungen und Eindrücke, der sich durch das neugierige Vordringen der Jugendlichen auftat. Man könnte das Ganze eher eine Eroberung denn eine Entdeckung nennen. So verborgen war Nicolás' Geheimnis gewesen.

Nicolás wohnte in einem großen Haus hoch oben auf einem Berg. Der Aufstieg schlängelte sich dahin, so daß das von weitem sichtbare Dach immer wieder verschwand und man meinte, unwiderruflich vom Weg abgekommen zu sein, bis man ganz plötzlich, fast Hals über Kopf, in den Eingang hineinstolperte, der von zwei Júcaro-Bäumen eingerahmt war, die Nicolás' Haus als lebende Säulen dienten. Und vielleicht war das die erste Merkwürdigkeit, die die Aufmerksamkeit weckte. Denn in bezug auf den Rest war das Haus nicht anders als alle Gebäude der Umgebung, nur etwas größer vielleicht. Die Wände aus Brettern mit einem hellen, verblichenen Anstrich, das Dach aus verrostetem Zink, ringsherum kärgliche Gärten, das war das Haus von Nicolás.

Und weder Nicolás' Frau noch seine im Dorf verstreuten Kinder hätten Erhellenderes sagen können, als daß Nicolás ein häuslicher, anständiger Mann war. Das war auch die Meinung der Nachbarn, denen aus allzu menschlicher Neugierde und wegen der Angewohnheit, ihre Nächsten aus den Augenwinkeln zu beobachten, das merkwürdige Verhalten von Nicolás verdächtig vorkam, sich sein Haus dort oben auf dem Gipfel zu bauen und die befremdliche List anzuwenden, den Zugang über einen geraden und von Buschwerk befreiten Weg zu verhindern. Den hätte er sich statt dieses abrupt auftauchenden Durchlasses anlegen können, der den Besucherneuling überraschte und das Treffen auf das von zwei Bäumen eingefaßte Tor, das im übrigen nicht zu umgehen war, wenn man bis zu Nicolás' Haus vorstoßen wollte, mit seltsamen Vorzeichen begleitete. Ein Eingang, der nichts mit den Türen, Eisentoren, Holzpforten oder jedem anderen Durchlaß gemein hatte, die den leutseligen Bewohnern von Florida Blanca in den Kopf kamen.

Vielleicht deshalb, und wegen des einen oder anderen Gerüchtes, das den Brigadisten zu Ohren gekommen war, neugierigen Jugendlichen, die frisch aus Havanna für fünfundvierzig Tage in jener unbekannten Welt hoch oben im Gebirge, der Bergkette von Mayarí Arriba, gelandet waren, hatte die Verfolgung von Nicolás' Geheimnis begonnen.

Weder ein Blick in seine Augen noch auf seine glatte Haut und auf die riesigen Schritte, mit denen er die Berge erklomm, hätte vermuten lassen, daß er die siebzig fast erreicht hatte, gegerbt von der Sonne und gestählt von der harten Arbeit. Er war von diesem eigensinnigen Menschenschlag, dem ein aufmerksamer Beobachter nur an einem gewissen Zittern der Hände und an Hexenschüssen, die er zu verbergen suchte, den langen und steinigen Lebensweg ansehen konnte. Er war in Florida Blanca geboren worden. Und von dort hatte er sich sein Leben lang nicht fortbewegt. Sein Vater war eine Weile der Lehrer dieses Landstrichs gewesen. Jene Zeiten waren jedoch so im Dunkel versunken, daß erst das hartnäckige Graben im Gedächtnis einiger alter Leute dies zutage gebracht hatte, vielleicht, weil Nicolás' Vater der einzige Lehrer gewesen war, den es vor der Revolution in die Gegend getrieben hatte, und er die Schule hatte aufgeben müssen, denn wenn er sich nicht in die Berge geschlagen hätte, um zusammen mit den anderen Kaffee zu ernten, wäre er verhungert. Jedenfalls war er früh gestorben, vielleicht auch deshalb, weil er für die harte Arbeit nicht geschaffen war. Aber seine beiden Söhne waren in den Bergen zur Welt gekommen und in den endlosen Kaffeepflanzungen aufgewachsen, wo ihnen die Sonne das Fell gegerbt hatte.

Einer dieser Söhne war Nicolás. Der andere war ein Irgendwer, an den sich niemand recht erinnern konnte, da er sich aus dem Staub gemacht hatte, sobald er sich allein durchschlagen konnte, und keiner je wieder etwas von ihm gehört hatte. Obwohl es nahelag, daß jene dikken und in phantastischen Farben gescheckten Briefe, die Jahr für Jahr mit der Regelmäßigkeit der Jahreszeiten eintrafen – pro Winter, der sich über die Berge senkte, ein einziger Brief, sogar in den schwierigen Zeiten des Krieges gegen Batista, als die *casquitos*, die Soldaten, die Gegend abgeriegelt hatten und die Rebellen überall herumliefen und sogar in Nicolás' riesigem Haus aßen –, daß diese umfangreichen Botschaften von jenem Bruder kommen mußten, dessen Name über die Jahre verlorengegangen war.

Nicolás hatte kein eigenes Land. Von klein auf hatte er jahraus, jahrein in den prachtvollen Kaffeepflanzungen von Indalécio oder irgendeinem anderen Landbesitzer der Gegend gearbeitet. Er hatte sich nie dafür interessiert, seine eigenen Trockenplätze zu haben oder die Anbaufläche zu erweitern, die das Haus umgab. Andererseits war sein Heim großzügig beschaffen und gepflegt. Zu Beginn bemerkten die Brigadisten der Kaffee-Ernte nichts Außergewöhnliches an jenem Mann, abgesehen von dem Ausdruck der Herausforderung, der Neugierde, der wieder in Nicolás' Leben zurückkehrte. Doch hier und da begannen die Jugendlichen, über Nicolás und das zwischen den Bergen versteckte Haus zu grübeln.

Wenn die Sonne untergegangen war, gab es in Florida Blanca nicht mehr viel zu tun. Schon drei Tage nach ihrer Ankunft kannten die Brigadisten alle im Ort umgehenden Geschichten auswendig. Haarsträubende Geschichten, aufgewirbelt durch einen heftigen Windstoß oder hervorgerufen durch ein unbekanntes Geräusch, denen die Phantasie in bizarren Erzählungen von Geistern und umherirrenden Seelen Form und Farbe verlieh. Bereits am fünften Tag suchten die Brigadisten nach einer Abendbeschäftigung bis zu dem Zeitpunkt, an dem der Schlaf sie übermannen, die Erschöpfung des Tagewerks über sie hereinbrechen würde wie ein Platzregen.

Eines Abends kam Nicolás in die Baracke der Brigadisten und fragte, wie wenn einer sich nach einem Bekannten erkundigt, in diesem Ton, in dem man versucht, etwas über einen entfernten Verwandten zu erfahren, ob einer von ihnen schon einmal Schnee gesehen oder berührt oder von nahem, also auf der Haut, gespürt hätte.

Nein. Die Brigadisten kannten keinen Schnee. Doch das Meer, das hatten sie schon gesehen. Und Nicolás wurde euphorisch, geschwätzig. Immer mehr wollte er wissen. Er wollte sich das offene Meer vorstellen können und forderte die Jugendlichen auf, ihm die Farbtöne, die sich im Tagesverlauf veränderten, die Bewegung der Wellen, das Gefühl beim Eintauchen in diese unendliche Flüssigkeit mit dem Gedanken, daß man irgendwie Teil dieses Stoffes ist, der die Welt umspült und der lebendig zu sein und sich aus eigenem Antrieb zu bewegen scheint, zu beschreiben.

Das waren Nicolás' Worte, und die Jugendlichen taten ihm den Gefallen und erzählten vom Strand, vom Sonnenuntergang, wenn der gesamte Malecón in den letzten Sommersonnenstrahlen aufleuchtet, von den ersten

Nordwinden im November, den hohen Wellen, die auf die Bürgersteige schlagen, den wenigen Fußgängern, die sich dann noch dorthin trauen. Und das Meer, das die Stadt umspült, war so, wie Nicolás es sich vorgestellt hatte und wie es sich jetzt durch die Worte der Brigadisten vor seinen faszinierten Augen ausbreitete.

Schließlich lud Nicolás sie zu sich nach Hause ein. Als sie den Berg hinaufstiegen, trafen sie auf ihn, als er sie mitten auf dem Weg mit einer verblichenen Seemannsmütze auf dem Kopf erwartete – woher er die wohl hatte? –, mit dem Ausdruck eines Seebären in steifer Brise auf der Kommandobrücke, und er empfing sie mit der energischen Geste eines Kapitäns, der seine Mannschaft kommandiert. Das waren aber noch nicht alle Überraschungen.

Ein Raum des großen Hauses sah aus wie der Versuch, das Kabinett eines Weltreisenden nachzubilden: An den Wänden hingen Landkarten, die im Laufe der Zeit mürbe geworden waren, sorgfältig ausgeschnittene, vergilbte Bilder und Drucke exotischer Landschaften, verschlissene Stiche, und in einer Ecke thronte ein mittelgroßer Globus, Nicolás' wertvollstes Stück, und stellte seine ungewohnte Anwesenheit in dieser abgelegenen Bergregion zur Schau.

»Man kann aufhören zu leben, aber nicht, alles kennenzulernen«, sagte Nicolás, während er eine Mappe aufschlug, deren Deckel eine mit Wachsmalkreide gezeichnete Windrose zierte und die wie ein Logbuch am Kopfende des Tisches lag, zwischen der originalgetreuen Imitation eines Kompasses und einem Barometer, das augenscheinlich trotz seiner verblichenen Pracht noch funktionierte.

Die Jugendlichen sagten kein Wort. Sie überließen es Nicolás, jene seltsame Geschichte von Reisen und Abenteuern zu erzählen, die der Außenwelt vierzig Jahre lang vorenthalten worden war. Vielleicht waren sie die ersten, die diesen Raum betraten, in dem die erstaunliche Atmosphäre eines ständigen Aufbruchs herrschte, mit Seekarten, auf denen eine unsichere Hand Streckenverläufe, Datumsangaben, Geschwindigkeiten, Markierungen verborgener Fahrten eingezeichnet hatte.

In der Mappe, sorgfältig geordnet, befanden sich die rot leuchtenden Briefe, die den Nachbarn keine Ruhe gelassen hatten. Die Geschichte war denkbar einfach: Winter für Winter erwartete Nicolás die Ankunft von Botschaften, die ihm unbekannte Düfte aus jedem Winkel der Erdkugel brachten, von Jagdabenteuern in Afrika, Mausoleen und ewigem Schnee, Siestas auf Tahiti und Stürmen und Kentern im chinesischen Meer. Sein Bruder hatte sich in die wildesten Abenteuer gestürzt und schilderte sie bis in alle Einzelheiten, breitete sie Bogen für Bogen in allen Farben vor jenem anderen Mann aus, einem Seebären der Berge, der in Florida Blanca gestrandet war, vierzig Jahre lang oder siebzig, sein ganzes Leben, wie ein vom Wind mitten in die Landschaft getriebenes Schiff.

Während Nicolás von einsamen Inseln, überraschenden Liebschaften, Aufständen und unbekannten Seewegen erzählte, wurden die Brigadisten gepackt von dieser Reise durch geographische Sendschreiben, die von Orten berichteten, die Nicolás wie im Schlaf kannte, von Zwischenfällen und Streifzügen, von Abenteuern, die einen irgendwie bekannten Geschmack hinterließen, ein uraltes, ein wenig einschüchterndes Aroma in diesem großen Haus, das von nichts geringerem als den ruhigen Hügeln von Florida Blanca umschlossen wurde.

Es war also reiner Zufall, daß die Brigadisten das wahre Geheimnis von Nicolás entdeckten. Am Sonntag vor ihrer Rückkehr in die Hauptstadt stieg eine Gruppe Jugendlicher ins Tal hinab. Im Dorf Cueto trafen sie zufällig auf den Briefträger der Gegend. Irgend etwas an seinem Gang, seinem Blick, vielleicht dieselbe unbestimmte Ausstrahlung, jene Art, sein Leben durch eine gut befestigte Mauer abzuschirmen, erinnerten sie an die Sippe von Nicolás. Die Ähnlichkeit war so groß, daß sie bald hier forschten und bald da bohrten und – nachdem sie mit ihm ein paar Erfrischungsgetränke in der Dorfkneipe getrunken hatten – erreichten, daß er sie zu sich nach Hause mitnahm, in das bescheidene Haus von Nicolás' Bruder, in dem die Wände vollgestellt waren mit den Büchern von Jules Verne, Salgari, Kipling, Jack London und Conrad, wieder und wieder gelesen, mit schwarzen Ecken durch das tägliche Nachschlagen, voller Unterstreichungen und kabbalistischer Notizen. Die Brigadisten entdeckten – oder besser: –, sie eroberten das Geheimnis der Briefe, die so aussahen, als wären sie um die Welt gereist, getarnt durch Farben und Beschriftungen, die mit der immer zittriger gewordenen Hand des Briefträgers von Cueto aufgetragen waren, und deren Berichte aus den unvergeßlichen Textstellen jener großen Forschungsreisenden der Phantasie abgeschrieben waren, die den Staub der Kindheit aufwirbelten und den Brigadisten dieses merkwürdige Gefühl gaben, das sie bei der Lektüre der von Nicolás aufbewahrten Briefe gehabt hatten. Botschaften, die in der gut ausgestatteten Bibliothek jenes Mannes entstanden, der sich nie vom Fuß der Berge entfernt hatte, und die die Träume seines Bruders Nicolás mit Leben füllten, die Einsamkeit jenes hoch oben auf dem Berg gestrandeten Seebären. Und dies war das Geheimnis, das die Brigadisten entdeckten und aus Florida Blanca mitnahmen, wo Nicolás, einer der beiden Matrosen zu Lande, zurückblieb.

WIR
SCHWARZEN
TRINKEN ALLE
KAFFEE

Ich könne ja noch nicht mal meine Wäsche selbst waschen und wolle schon von zu Hause weg, sagt sie. Was ein behütetes Mädchen an solchen Orten zu suchen hätte. Was meine Großmutter wohl sagen würde, wenn sie das wüßte und wenn sie aus dem Grab stiege und sähe, wo ihr Augenstern hin will. Glücklicherweise ist sie mausetot, denn sonst... Es kursieren viele Geschichten von unverantwortlichen Müttern. Aber doch nicht sie!

Und so schimpft sie weiter am hintersten Ende des Flurs, wohin sie sich geflüchtet hat, damit ihre Stimme sich verliert, zwischen den Möbeln verrinnt und die Nachbarn kein einziges lautes Wort hören. Was würden sie wohl denken von dieser Familie, von dieser Tochter, die mit fünfzehn Jahren zur Kaffee-Ernte will?

Zu ihrer Zeit war das anders. Was hatte ein junges Mädchen aus gutem Hause in den Bergen zu suchen? Wem wäre damals so etwas eingefallen? Sich in solche Gefahr zu begeben! Jedenfalls liest man das. Mitten im tiefsten Urwald – ein Kind aus guter Familie! Zum Glück gibt es in diesem Land wenigstens keine wilden Tiere.

Für meine Mutter ist der einzig sichere Ort mein Zimmer mit seinen vier Wänden, einer Decke und einem ganz gewöhnlichen Fußboden. Und noch nicht einmal darauf mag sie sich verlassen.

Mir sind die Nachbarn egal, aber ihr nicht. Und sie schließt die Fenster, damit die Diskussion nicht nach außen dringt aus dieser Burg, der Festung meines Familienlebens. Und wenn das Zimmer ganz nach ihrem Geschmack ist, abgeriegelt wie die Zelle einer Nonne, stürzt sie vom anderen Ende des Flurs hinein und klatscht Beifall. Sie keift mit gedämpfter Stimme. Ich bin das, was man ein Kind nennt, das immer bekommen hat, was es wollte. Wollte es den fliegenden Vogel, dann eben den fliegenden Vogel. Und jetzt bin ich eine undankbare Göre.

Sie sagt, du denkst nur an dich selbst. Daß ich auf niemanden Rücksicht nehme, sagt sie. Die eine Großmutter liegt bereits unter der Erde. Und wenn ich darauf bestehen würde zu gehen, brächte ich die andere auch noch an den Rand des Grabes. Durch einen *Schlaganfall!* Was alles für Katastrophen passieren können, nur weil ich so dickköpfig bin! All das gehört zu meiner Verantwortung als Älteste, aufgezogen unter den Rockschößen der Familie. Der Blutdruck von Großmüttern und Tanten kann wegen einer Kaffee-Ernte-Brigadistin mehr oder weniger in den Abgrund sinken.

Auf dem Land lauern so viele Gefahren. Meine Mutter hat zwar keine Liste zur Hand, ein Stück Papier, mit dem sie vor ihrer Brust herumfuchteln würde, als wäre es eine Standarte, begleitet von einer Litanei sattsam bekannter Worte, von denen das erste *Krankheiten* wäre. Und wer pflegt dich dann? Wenn du eine Lungenentzündung bekommst, bin ich es, sie, die mich am Hals hat. Eine für den Rest ihrer Tage dahinsiechende Tochter, verwahrt in einem Zimmer mit verschlossenen Fenstern, damit weder der Morgentau hinein- noch die Vorwürfe hinausdringen können, eine leblose Tochter ohne eigenständige Entscheidungen, na wunderbar! Die wie eine Blume dahinwelkt und mit den letzten Atemzügen die größte Dummheit ihrer Jugend bereut, eine Eskapade in die Kaffeepflanzung, und dann an die Barmherzigkeit einer sich aufopfernden Mutter gefesselt, die immer unerschütterlich auf ihrem Posten ist mit einem Haufen Sätze wie: *Habe ich's dir nicht immer gesagt? Wer nicht hören will, muß fühlen! Das hast du nun davon, daß du nicht auf deine Mutter gehört hast, die nur dein Bestes will!* – bis in alle Ewigkeit; das hätte sie wohl gern!

Die Berge, wo der Kaffee gepflückt wird – das hat sie gehört, aber nie mit eigenen Augen gesehen, diesen Augen, die vor lauter Kummer bald von den Würmern zerfressen werden –, die Berge sind glatt und heimtückisch. Sie geben unter den Füßen nach und lassen die Brigadisten am Himmel hängen, an einem Zweig. Einem Zweig der Sträucher mit roten und grünen Kaffeebohnen, die wie Wogen über einem fünfzehnjährigen Kind zusammenschlagen, das keine Ahnung vom Leben hat.

Und wenn dann die Regel, die Menstruation, ein oder zwei Monate zu spät kommt, was wird dann die Familie denken von dieser Tochter, die es riskiert hat, ihre Ehre zu verlieren, weil sie an einem freiwilligen Arbeitseinsatz teilgenommen hat! Denn auch wenn es nicht ausgesprochen wird: Die Ehre kann man weder fühlen noch sehen, nur verlieren. Und wo soll man sie dann suchen, wohin gehen, wo sich beschweren? Ich wäre nicht die erste, die sittsam das Haus verlassen hat, um dann großartigerweise mit einem dicken Bauch zurückzukommen! Und dann, oh Schreck: Die gesamte Familie hat ihr den Rücken gekehrt, die Nachbarn haben sich das Maul zerrissen, das Mädchen ist zum gefundenen Fressen des ganzen Viertels geworden!

Was soll man dem entgegensetzen? Wie kann ich im August wissen, ob die Regel im Oktober, im Dezember, in allen darauffolgenden Monaten pünktlich kommt? Was für Erklärungen kann ich meiner Mutter unterschreiben, um die kleine Familienehre zu wahren? Was für ein merkwürdiges Abkommen unterzeichnen, nur um zur Kaffee-Ernte zu gehen? Sich fünfundvierzig Tage lang die Seele aus dem Leib arbeiten und sich dann noch vergewissern, daß alle Körperfunktionen in Ordnung sind und alle Drüsen rechtzeitig reagieren! Keine Fehlfunktion im Organismus, die den Zorn einer überaus anständigen Familie, wie der meinen, herausfordert! Gegen die argwöhnischen Blicke der furchtbaren Nachbarn meiner Mutter angehen! Was für eine Art, einem das Leben zu versauern, kann ich dazu nur sagen!

Und wer verhindert, sagt sie mir auf dem Höhepunkt ihrer Hilflosigkeit, daß die Kaffeepflanzung dich so verwirrt, daß du dich in einen *Schwarzen* verliebst?

Du weißt, was es früher bedeutete, ein kleines weißes Mädchen zu sein. So weiß wie die Papiermargerite, die meine Mutter auf dem Foto von meinem Geburtstag nervös zwischen den Händen zerknüllt, die mit dem vor Unschuld überquellenden gelben Herzen. Denn ein weißes Mädchen muß aufs äußerste behütet und nach allen Regeln der Gesundheit und Hygiene aufgezogen werden. Auf die Straße kann es nicht allein gehen. Ins Kino mit Papa. In die Schule an Mamas Hand. Mit anderen spielen soll es nicht. Und keinesfalls herumstreunen.

Wie sich die Zeiten ändern.

Du bist es, sagt sie, ich sei es, die am Ende verlieren würde. Wenn meine Mutter mich doch erklären ließe! Wenn es einen Weg gäbe, ihr diese Bilder aus dem Kopf zu schlagen, mit denen sie aus allen Ecken des Zimmers schießt, in dem sie mit einer immer lauter und grimmiger werdenden Stimme hin und her geht. In diesem Zimmer von Weißen, die als Familie zusammenleben. In dem die Vorfahren sicherlich Weiße waren. In dem ich ihr sage, daß niemand wissen kann, welches Blut in unseren Adern fließt. Daß in Spanien jahrhundertelang die Mauren mit ihrer olivfarbenen Haut gewesen sind, wie soll es dann jemanden geben, der frei davon ist? Wie soll es jemanden geben, der keinen schwarzen Vorfahren hat?

Und meine Mutter legt ihre Hände schützend vor ihre Brust, um mir nicht mehr zuhören und keinen einzigen weiteren Satz mehr in sich hineinlassen zu müssen. Um mich von ihrem Atem fernzuhalten. Um nicht mehr hören zu müssen, wie ich sage, daß ich nicht die weiße Papiermargerite bin, die sie zwischen duftenden Taschentüchern aufbewahrt. Wer überzeugt wen? Und wenn ich mich in einen Schwarzen verliebe, na und! Was das heißt, das lerne ich in genau diesem Augenblick. Die Farben, die Nuancen, der Tonfall, durch die ich mich selbst kennenlerne – zwischen den vier Wänden hier, in den Bergen dort, in die ich gehen werde, oder unten an der Hausecke als das schneeweiße Mädchen, das aufmerksam einen Mann beobachtet, dessen Hosenstall schamlos offensteht.

Meine Mutter, sich immer noch duckend, zieht sich durch den Flur zurück, sagt, *mach doch, wozu du Lust hast.*

STAUB zu
STAUB

Für Ezequiel Vieta
Für Mario Matamoros

Niemals hatten sie sich in den über dreißig Jahren und
ein paar Zerquetschten getrennt. Deshalb fiel es Carmela
leicht, im Gesicht von Conchita die Wahrheit zu lesen,
und sie spürte, wie sie ein-, zwei- und sogar dreimal vom
Schmerz übermannt wurde. Sie fing an, sich ruckartig
im Schaukelstuhl zu wiegen, und dachte, ihr würde ein
Schluchzen entweichen. Aber sie erholte sich sofort, als
sie Conchita sprechen hörte. Die dumme Conchita war
nicht zufrieden, wenn in dieser Angelegenheit auch nur
irgendwas im dunkeln blieb.

»Die Notoperation war heute morgen.«

Carmela sah Conchita streng an und schob den Kiefer jäh nach vorn. Dieser alte Ausdruck des Tadels, den
die drei so gut kannten. Zu viele gemeinsame Jahre (und
ohne sich mit *dem Pöbel* zu mischen, wie Conchita sagte,
während sie gleichzeitig von der rechten Schulter aus eine
herablassende Bewegung machte). Wie viele Schicksals-
schläge das Leben doch für sie bereitgehalten hatte! Zuerst der Wirbelsturm von zweiunddreißig, als sie in Santa
Cruz del Sur von einer Flutwelle erwischt wurden; der
vermaledeite Zufall, gerade als sie Augustinas Familie
besuchten. Es fehlte einem die Worte dafür, wie das
gewesen war. Obwohl Conchita gern immer und immer
wieder die Einzelheiten der Katastrophe von ihrer fürch-
terlichsten oder lächerlichen Seite wiederholte. (Weißt
du noch...?) Das war ihre Spezialität: aus der Vergangenheit nur die Anekdoten zu behalten, die der Rest der

Erdbewohner lieber vergaß. Aber was machte das? – Sie waren Freundinnen, und nichts konnte sie auseinanderbringen.

Damals hatte Augustina alles verloren: von einem Tag auf den anderen arme Leute. So landete sie im Stadtteil von Carmela. Conchita beschwerte sich: Wie würden sie das bloß überleben, zwischen so vielen Mulatten! Aber daß sie Nachbarinnen werden würden, war vorherbestimmt. Denn gleich darauf bekam auch Conchita ihr Fett weg. Viel angehäufte Pinke und aus heiterem Himmel eine Finanzkrise, die Regierung Machado fällt, der Teufel ist los. Das war zuviel für einen ehrenwerten Politiker wie den Patriarchen von Conchitas Zuhause (Anwalt, Geschäftsmann, Geizkragen). Es kam ihm in den Sinn, sich zu erhängen (in der Kleiderkammer, stellen Sie sich das vor), und der glänzende Flügel, auf dem Conchita die Walzer von Chopin spielte (besser gesagt, ermordete; hämmerte, verbesserte sich Carmela) tauchte eines unglückseligen Tages mit auf unsittliche Weise entblößten Federn, Saiten und Hämmerchen mitten auf der Avenida auf. Sie hatten zusammen geweint, aufgestampft, Kerzen für alle Heiligen angezündet und sogar ein Glas Wasser aufgestellt. Trotz allem blieb dem Waisenkind keine andere Wahl, als sich im selben Stadtteil wie Augustina und Carmela niederzulassen (murrend und sehr zu ihrem Leidwesen). Weil es in der Nähe der Mädels war, sagte sie, aber sie würde umziehen, sobald *die Situation es zuließe*. Sie hat es nie getan. Wie viele Jahre (und es waren viele) sie auch damit drohte wegzuziehen – Carmela nahm es nicht ernst. Wie hätte Conchita auch die Einsamkeit, die Abwesenheit ihrer einzigen und innigen Freundinnen ertragen sollen?

Bis Carmela selbst mit dem Unglück an der Reihe war. Nichts geringeres als eine Revolution und dazu noch die Wechseljahre. Weiß der Himmel, warum sie nicht verrückt wurde, als sie ihr die Läden und das Mietshaus in der Calle Concordia beschlagnahmten. Ihr einziger Verwandter (der Neffe Alfonso, dieser Nichtsnutz) schlug vor, aus Kuba abzuhauen. Nein, Mensch, nein. Sie hat weder die Kälte noch Coca-Cola je gemocht und war vernünftig genug, ein solches Risiko nicht einzugehen. Ihr Bankguthaben war groß (größer als die Freundinnen glaubten), ihre Rente hoch, und in diesem Viertel lebte sie bequem. Außerdem hatte sie Conchita und Augustina.

Carmela hörte auf zu schaukeln und wich mit dem Blick auf einen unbestimmten Fleck in der Luft aus. Sie schnaufte und schlug schroff auf die Armlehnen des Schaukelstuhls mit einer Geste, die Resignation anzeigen sollte (oder vielleicht Entschlossenheit, Energie, das war nicht auszumachen).

Conchita ihrerseits dachte, daß das Schlimmste nun vorbei war. Sie war nicht mehr zu Erklärungen gezwungen und mußte auch nicht die Worte aussprechen, die ihr so gemein, so taktlos vorkamen. Sich zu vergewaltigen: Das hätte noch gefehlt. Wem würde es schon einfallen, mit normaler Stimme an einem ganz gewöhnlichen Mittag definitive Sätze auszusprechen? Für Conchita war es immer selbstverständlich gewesen, daß das Thema des Todes Vorbereitungen erforderte. Eine angemessene Atmosphäre. Und davon war nichts zu spüren am Haustor in der prallen Sonne mittags um eins, in einem lärmenden Viertel wie diesem (Conchita hatte sich immer gewünscht wegzuziehen, aber nie die Kraft dazu gefunden, die wahre Kraft). Die an der Ecke hupenden Busse, die schreienden Kinder, die in voller Lautstärke plärrenden Radios (oder Fernseher oder Plattenspieler, egal). Nichts da, unmöglich, vom Tod Augustinas zu sprechen.

Conchita stand noch, das völlig zerknüllte Taschentuch in der Hand. An einem Ende hatte sie das Kleingeld eingeknotet. Wie sehr Carmela diese Angewohnheit mißfiel! Warum benutzt sie kein Portemonnaie, wie alle Leute! Was für eine Manie! Sie war nicht in der Stimmung, Conchita etwas Tröstliches zu sagen.

Conchita dachte ebenfalls, wenn auch aus anderen Gründen, daß Worte absolut überflüssig waren. Trotzdem (sie konnte es sich nicht verkneifen) brachte sie es heraus:

»Nicht mal mehr die chinesische Medizin kann Augustina retten.«

Carmela hielt den Schaukelstuhl einen Augenblick an. Die Trauer war völlig verschwunden. Sie sah Conchita an und erinnerte sich daran, wie sie diese, von Augustina begleitet, zum ersten Mal hatte kommen sehen. Damals zwei dünne, matte Mädchen mit Ringen unter den Augen. Augustina hatte ihren Körper aus Haut und Knochen behalten, doch Conchita wog jetzt fast zweihundert Pfund. Erschreckend, wenn man mal überlegt: Über dreißig Jahre war sie täglich dicker geworden und hatte auf einen Mann gewartet, der nie erschienen war. Carmela, zuerst Schneiderin, später Vertraute und Freundin, nähte ihr im guten wie im schlechten die Siebensachen und sah sich gezwungen, Sommer auf Sommer Conchitas Größen zu ändern. Die von Augustina blieben unverändert, aber zur alten Jungfer wurde sie auch. Carmela dagegen nicht. Sie heiratete, wurde Witwe, und daß sie ohne Kinder alt wurde, hatte Gott so gewollt, denn an Versuchen hatte es ihr nicht gefehlt, so viel war sicher. Jetzt hatte sie ihren Frieden. Conchita verspürte angesichts von Carmelas ausdruckslosem Blick eine Spur Hunger.

»Ich gieße Kaffee auf«, verkündete sie und verschwand im dunklen Korridor. Carmela hörte sie in der Küche rumoren und war erst beruhigt, als sie das Wasser sprudeln hörte. Jetzt ist es soweit, sagte sie sich, jetzt können wir klarer denken.

Conchita kam mit zwei gut gefüllten Tassen zurück. Bevor sie den Türrahmen erreichte, blieb sie mit dem Fuß an der kaputten Schwelle hängen (Dreißig Jahre und ein paar Zerquetschte über dieselbe Stelle zu stolpern! dachte Carmela. Man sieht's: Das Leben ist eine idiotische Wiederholung von Mißgeschicken). Conchita ging wieder nach hinten und füllte die Tassen noch einmal mit dampfendem Kaffee auf.

Sie reichte Carmela eine Tasse, setzte sich und begann, langsam ihr eigenes Gebräu zu schlürfen. Sie traute sich nicht aufzublicken und Carmela ins Gesicht zu sehen, spürte eine Mischung aus Schrecken und Ungeduld. Carmela machte wohl gerade das gleiche durch. Ach, wie gut sie sich kannten! Es war eine wahre Freude. Wozu also sprechen? Sicherlich dachte Carmela genauso. Aber es war Conchita, die laut (zu laut vielleicht) den Gedanken aussprach, der ihr schon länger den Kopf zermarterte. Sie platzte heraus:

»Wir dürfen nicht zulassen, daß etwas verlorengeht. Weder das Haus noch die Möbel noch der Zierat noch die Kleidung noch das Geld auf der Bank noch...«

»Nicht eine Stecknadel«, schloß Carmela. Damit war alles gesagt, dachte Conchita erleichtert. Augustina konnte in Ruhe sterben.

Als Conchita abends ins Krankenhaus kam, um nach Augustina zu sehen, kam sie in ungewöhnlicher Mission. Augustina war gerade aus der Narkose erwacht und von Plastik und Metall umgeben. Ein Serum tropfte in ihren Arm, und aus der Nase kamen einige Schläuche, die Conchita erschreckten. Sie hätte es vorgezogen, Augustina nicht so zu sehen, aber wer würde sich um sie kümmern? Die drei waren im Grunde allein auf der Welt, also war es ihre Pflicht. Aber mit Carmela konnte man in bezug auf Krankenhäuser nicht rechnen. Nichts konnte ihren Widerwillen gegenüber Kranken überwinden. Es war kurios, aber Carmela konnte jedes Unglück ertragen, nur die Leiden des menschlichen Körpers nicht. Schon seit über einer Stunde saß Conchita an Augustinas Bett. Aber sie wartete, bis das Licht ausgeschaltet wurde, und wie so oft, wenn man vorhat, mit einer Notlüge zu argumentieren, hatte Conchita das Gefühl, daß ein einziger Vorwand nicht ausreichte, so daß sie gleich sechs aneinanderreihte. Während sie diese laut aussprach, hatte sie das Gefühl, daß jeder von ihnen die Falschheit, die Schwäche der Lüge noch deutlicher werden ließ. Augustina nagelte sie durch das Dunkel mit den Augen fest, und Conchita erfuhr nie, ob Augustina klar war, worum es ging. Aber sie bekam, was sie wollte. Augustina nickte, und Conchita durchsuchte die Tischschublade. In einem Stoffbeutel (der, wie anzunehmen ist, von Carmela genäht worden war) fand Conchita den Schlüssel zu Augustinas Haus.

»Carmela möchte es saubermachen, bevor du wiederkommst. Der Eisschrank muß abgetaut werden. Wenn alles verrammelt ist, verderben die Sachen durch die Feuchtigkeit. Man muß ab und zu durchs Haus gehen. Die Katzen füttern. Ich muß dir einen Morgenmantel und ein paar weiße Strümpfe bringen. Der Schlüssel, absolut notwendig.«

Conchita erfuhr nie, warum sie sich gezwungen sah, ihren Monolog zu wiederholen, nachdem sie den ersehnten Schlüssel bereits in der Hand hatte. Außerdem schlief Augustina schon eine ganze Weile (jedenfalls schien es so).

Und wirklich: Gemeinsam machten Carmela und Conchita die Schränke auf (Wo sie wohl das Sparbuch versteckt hat? Ah, hier ist es, zwischen der Unterwäsche), schleiften die verschimmelten Ledersessel in den Hinterhof, staubten den Nippes ab, gossen die Pflanzen, gaben Augustinas vier Katzen zu fressen.

Und an diesem Nachmittag des Großreinemachens machten sie einen Fund: einen Stapel Liebesbriefe, sorgfältig in Zellophan eingewickelt und mit einer Schleife zusammengebunden. Alle waren an »Tina« gerichtet (Carmela und Conchita schauten sich argwöhnisch an: Nie hatten sie einen solchen Kosenamen für die trockene Augustina gehört) und waren von einem gewissen Walfredo unterschrieben, obwohl manchmal nur ein mit vielen barocken Schnörkeln versehenes *W* darunter stand, während sich der Unbekannte in wieder anderen Briefen sogar als »Dein Geliebter« bezeichnete. Conchita konnte nicht an sich halten:

»Von wegen unbeschriebenes Blatt.«

Die beiden Frauen waren sprachlos. Jahrelang hatte ihre Freundin sie ausgeschlossen. Warum dieses Geheimnis? Ihnen gegenüber, die ihr nichts verheimlichten. Conchita fühlte sich in ihrer wahrhaftigen Jungfernschaft untröstlich. Carmela überkam das unangenehme Gefühl, betrogen worden zu sein.

Den Rest dieses Nachmittags und Abends war Conchita übel, und sie fühlte sich nicht in der Verfassung, ins Krankenhaus zu gehen. Carmela beschloß, sich jeden Kommentars zu enthalten. Im Morgengrauen, nach einer schlaflosen Nacht, faßte sie den Entschluß, das Päckchen Briefe zusammen mit den Essensresten in den Müll zu werfen. Auf diese Weise verschwand Walfredo aus ihrem Leben, und nur so fühlten sie sich erleichtert.

Um Conchita zu entlasten, übernahm Carmela von da an alle Entscheidungen und auch die schwereren Arbeiten. Sie schüttelte und klopfte aus, staubte ab und putzte in einer Art Raserei. Conchita schaute abends nach Augustina und berichtete ihr von den Fortschritten der Reinigungsaktion (daß die Unglückliche nur nicht errät, daß sie schon auf der anderen Seite ist), von der Pflege der Katzen, dem Besorgen der bestellten Dinge beim Krämer. Doch sie hütete sich, die Entdeckung der Liebesbriefe zu erwähnen.

Carmela ihrerseits packte Augustinas Kleider, die Wintersachen und ein paar Stoffbahnen, auf deren Ansammlung Augustina in den letzten Jahren verfallen war, in Pappkartons. Auf einen Blick entschied sie, wer unter den nächsten Freunden die Sachen erben würde (natürlich wollten weder Conchita noch Carmela etwas für sich, es ging nur darum, daß *nichts verloren ginge*); Bettwäsche gab es nicht viel, und sie war ein wenig verschlissen. Augustina hatte es nie gekonnt, die weiße Wäsche so zu pflegen, wie es sich gehört, das muß gesagt werden, es hilft nichts, auch wenn die Arme im Sterben liegt. Ungelöst blieb das Problem der Schuhe. Darüber mußte sie mit mehr Ruhe nachdenken; auf gar keinen Fall verkaufen (es handelte sich nicht darum, sich am Tod Augustinas zu bereichern, Gott bewahre), am besten wäre es, sie für einen guten Zweck zu spenden.

So standen die Dinge, als Augustina am ersten Wintertag (der Nordwind begann ohne Vorankündigung) nach Haus zurückkehrte. Die Krankheit war zu weit fortgeschritten, und die Ärzte hatten beschlossen, daß der Krankenhausaufenthalt müßig geworden war: Es sei besser, sie würde die letzten Tage im eigenen Bett verbringen. Zum Glück für Carmela und Conchita, die schon fast sämtliche ihrer Habseligkeiten auf den Weg gebracht hatten, konnte Augustina nicht laufen. Sie legten sie im Dämmerzustand ins Bett, deckten sie sorgfältig zu und setzten sich beide, Conchita und Carmela, je auf eine Seite. Sie hatten gegenüber Augustina eine delikate Angelegenheit anzusprechen. Es entstand ein langes Schweigen. Carmela hielt es nicht aus, ging aus dem Zimmer und ließ Conchita mit Augustina allein. Sie erfuhr nie genau, was die beiden besprachen, doch nach einer halben Stunde tauchte Conchita euphorisch im Türrahmen auf:

»Sie ist einverstanden. Sie akzeptiert, *in articulo mortis* zu heiraten.«

Als funkelnagelneuer Verlobter stellte sich ihr Neffe Alfonso (dieser Nichtsnutz) heraus. Eigentlich hatte ihm Augustina etwa fünfunddreißig Jahre voraus, doch das war nicht von Bedeutung. Es galt, das Bankkonto, die Möbel, das Haus zu retten.

Die Zeremonie wurde schnell vollzogen. In weniger als einer Viertelstunde verwandelte sich die alte Jungfer Augustina in eine verheiratete Frau, einfach nur durch eine schwache Kopfbewegung und eine zittrige Unterschrift, geführt von der (ebenfalls zittrigen) Hand Conchitas.

Darauf verschlimmerte sich ihr Zustand. Alfonso bekam als frischgebackener Ehemann das Recht, einige Vorkehrungen zu treffen. Zum Schrecken Carmelas bestand seine erste Maßnahme im Verkauf der monumentalen Wohnzimmergarnitur (aus gedrechseltem Holz). Conchita und Carmela setzten dem nur schwachen Widerstand entgegen, obwohl Augustina nach menschlichem Ermessen nie mehr aus ihrem Zimmer und aus ihrem Sterbebett herauskommen würde. War es denn nicht besser, diese uralten Möbel, die die halsstarrige Augustina seit der Katastrophe neunzehnhundertsechsunddreißig zurückgehalten hatte, loszuwerden? Trotzdem konnte Carmela es nicht vermeiden, ein verdrießliches Gesicht zu ziehen (dieses vorgeschobene Kinn, auffällig wie ein Schiffskiel): Das Leben hielt doch immer neue Überraschungen bereit.

Augustina hatte bereits Atemschwierigkeiten am Tage, als Conchita die Verteilung der Handtaschen und des Klimbims anordnete (sie wunderte sich sehr, daß die Nachbarinnen nichts annehmen wollten). Hinzu kam noch, daß der Ehemann beschloß, auch die Eßzimmereinrichtung (aus Caoba-Holz) zu verkaufen, und da sich niemand fand, der sie komplett übernehmen wollte, verkaufte er sie stückweise. Es war nur noch das Problem der vier Katzen zu lösen. Damit sie ihr Heim nicht vermißten, war es wohl das Beste, sie zu opfern, sagte Carmela.

Eines Morgens, es gab immer noch Böen und Nordwinde, sprach der Arzt das Urteil: Augustina mußte wieder ins Krankenhaus. Carmela und Conchita sahen sich entsetzt an. Carmela raufte sich nervös die Haare, doch Conchita war es, die schließlich sagte:

»Ach, Doktor, sie wird merken, daß sie im Sterben liegt, wenn sie das leergeräumte Haus sieht.«

Als Augustina auf der Bahre hinausgetragen wurde, kam sie plötzlich wieder zu Bewußtsein, blickte sich um und drückte angstvoll Carmelas Hand:

»Ich glaube, ich werde verrückt, denn ich sehe das Eßzimmer nicht mehr«, sagte sie.

»Beruhige dich, Augustina, das bildest du dir nur ein.«

Augustina begann zu weinen:

»Heilige Mutter, wie schlecht muß es mir gehen! Die Wohnzimmermöbel sehe ich auch nicht.«

Carmela beruhigte sie wieder: »Du hast Halluzinationen.«

Nachdem sich die Türen der Ambulanz geschlossen hatten, in der Augustina für immer verschwand (sie starb eine halbe Stunde später), atmete Carmela zufrieden auf: Sie hatte ihre Pflicht bis zum bitteren Ende getan. Eines Tages würde sie an der Reihe sein, und dann wüßte Conchita, was zu tun war. Jäh schaute sie Conchita an und wußte, daß es nicht nötig war, etwas zu sagen (sie kannten sich so gut). Doch ein bleiernes, unerklärliches Entsetzen bemächtigte sich ihrer, und sie fand dieselbe Angst im Blick Conchitas und eine Auflehnung, die sie noch nie zuvor in ihren Augen gesehen hatte. Alfonso sprach die angemessenen Worte:

»Staub zu Staub.«

Carmela fühlte sich plötzlich sehr allein. Sie erriet, daß Conchita nun wirklich endlich umziehen würde.

Wenn es

mit dem

Teufel zugeht

Für Nancy Alonso

Ich konnte Fräulein Betti perfekt beobachten. Meine
Neugierde hatte keinen besonderen Grund. Ach was, sie
war eher auf meine Langeweile zurückzuführen, die so
groß war wie das Kapitol. Seit fast schon zwei Monaten
habe ich einen Gipsfuß, und die Zeit, die mir noch be-
vorsteht! Jedenfalls bewege ich mich nicht von meinem
erzwungenen Ausguck weg, genau wie in diesem Film
mit James Stewart, dem Schauspieler, dem nichts anderes übrig bleibt, als immer die Rolle des Prachtkerls zu
spielen. Das Gesicht ist der Spiegel der Seele, pflegte meine
Großmutter zu sagen. Apropos, das Gesicht von Fräulein Betti ist das der Schlange vor dem Kaninchen, würde ich sagen. Also im Film verhielt es sich jedenfalls ziemlich ähnlich. Dieser James Stewart mit seinem Gesicht
eines anständigen Kerls hatte ein Gipsbein und vertrieb
sich die Zeit am Fenster. Plötzlich, peng, bemerkt er,
daß etwas *sehr Merkwürdiges* im Haus gegenüber geschieht,
eins von diesen Häusern mit vielen Fensterchen und Feu-
erleiter. Wo Fräulein Betti wohnt, gibt es keine Feuerlei-
ter, denn erstens ist das weder in der Bronx noch an einem anderen dieser Orte, sondern in einem Haus in der
Altstadt Havannas, na du weißt schon. Und zweitens
wohnt sie im Erdgeschoß. Aber das tut nichts zur Sache.
Ohne sich aus seinem Sessel zu erheben, entdeckt James
Stewart nichts geringeres als ein Verbrechen, und weil
die Geschichte verwickelt werden muß, fällt es ihm nicht
ein, die Polizei zu rufen und so, oder er sagt Bescheid,

und sie nehmen ihn nicht für voll, ich erinnere mich schon nicht mehr genau. Jedenfalls macht er von sich aus einen auf Detektiv und fängt an, den anderen Typen anzurufen, den Mörder, und der hat wirklich ein normales Gesicht, auf dem ab und zu die Bosheit aufblitzt und alles, bis Shangó[1] in den Bösen einfährt und er losstürmt, um James Stewart in der Luft zu zerfetzen, in dem Augenblick kommt die *Polente*, die in den Krimis immer oberbescheuert ist, aber sie landet rechtzeitig und, klar, *happy end*. Alle sind froh, außer du weißt schon wer, und dann sagt James Stewart mit seinem anständigen Gesicht bestimmt etwas Witziges, und der Vorhang fällt unter allgemeinem Gelächter, wie in den amerikanischen Filmen, die sich nicht zwischen griechischer Tragödie und Dick und Doof entscheiden können. Na ja, ich bin mir auch nicht sicher, ob ich das hier als Tragödie oder Komödie erzählen soll. Fräulein Betti ist ungefähr fünfzigtausend Jahre alt und lebt wahnsinnig allein. Jeden Nachmittag, wenn sie von der Arbeit kommt, macht sie sich einen Tee ohne Zucker, gießt die Pflanzen und guckt mit der Gießkanne in der Hand eine halbe Stunde ins Leere. Ich schwöre es dir. Danach schleift sie den Schaukelstuhl in die Nähe der Tür zum Hinterhof, um sich in die kühle Abendluft zu setzen. Meine Großmutter sagte immer, daß man sich in der Abendluft erkältet, aber wer geht hin und sagt das Fräulein Betti? Außerdem glaube ich, daß sie nichts Besseres zu tun hat. Da bleibt sie sitzen und haut mit ihrem Kopf gegen die Lehne, bis die Leute zur Nachtwache aus dem Haus gehen. Dann holt sie den Stuhl wieder rein und macht alle Lichter aus, außer das auf dem Flur. Tag für Tag die gleiche Prozedur. Die Wahrheit ist, sie muß sich einsam fühlen wie verrückt. Soweit ich weiß, hat sie schon drei Ehemänner hinter sich. Der erste ist bei einer Nutte an einer Embolie gestorben, wie sie selbst erzählt, aber das fehlte noch, daß Fräulein Betti *Nutte* sagen würde, also sagt sie »Lebe-dame«, was ich nie richtig verstanden habe, denn leben wir nicht alle? Aber ich schweife ab. Den ersten hat sie so verloren, wie es nun alle wissen, und der zweite ist vom Zug überrollt worden. Meine Herren, das ist wirk-lich Pech! Wieviele Leute kennst du, über die ein Zug gebrettert ist? Ich habe nur von Anna Karenina gehört. Und die hat sich selbst davorgeworfen. Und dem Fräu-lein Betti, peng, kommt ein Zug und zerteilt ihr den zweiten Mann, der anscheinend ein phantastischer Typ war, der genau zu ihr paßte und sie glücklich machte wie am Fließband, aber das war noch im Kapitalismus, und jetzt erinnert sich im Viertel kaum noch einer dran. Obwohl, das Fräulein Betti vielleicht doch, könnte ich mir denken, vor allem, wenn sie da draußen sitzt im Abendtau. Nicht wahr? Der dritte, die letzte Chance, die Glückszahl, die Trias, der Dreispitz, die drei Muske-tiere, die drei Schweinchen, der Dreizack, die drei Gürtel-sterne des Orion, der Dreisatz, das Matamoros-Gesangs-trio, die Herz-Drei, die Liedzeile *Eins-zwei-drei, was für ein prima Schritt!*-, tja, einen prima Dreischritt hat dieser Hegel da erfunden: beim dritten Anlauf der Sieg –, statt dessen brachte er die endgültige Katastrophe[2]. Das dritte Schweinchen ist nämlich bei der Massenausreise 1980 abgehauen, und da war es Fräulein Betti, die fast der Schlag traf. Denn sie ist sehr revolutionär und erfüllt alle Aufga-ben des Komitees. Stell dir vor, sie sammelt sogar das Leergut auf, als Rohstoff und so weiter. Niemand hätte geglaubt, daß Mario Rodriguez sie hängen lassen könnte, wie man so sagt. Der Typ war zwar in nichts verwickelt, aber er konnte niemandem etwas vormachen. Ein Blut-sauger, das sage ich dir. Wenn er eine Klempnerarbeit machte, ich meine privat, stieß er dem Kunden den Dolch bis tief ins *center field*, nahm einen aus, fünfzehn Lappen für das Auswechseln einer Dichtung, und das beschreibt ihn bereits von Kopf bis Fuß. Aber Fräulein Betti, aus dem Haus zur Arbeit, von der Arbeit nach Haus, wußte davon wohl nicht mal die Hälfte. Außerdem mochte sie den Typen, sowas kommt vor. Drei Tage lang hat sie sich nicht auf der Straße blicken lassen, aber soviel steht fest: Fräulein Betti will nie wieder was vom Heiraten hören. Die Dinge, die schmerzen, muß man sich mit Stumpf und Stiel herausreißen, finde ich, auch wenn dabei ein Stück zuviel draufgeht. Das Schlimme ist, daß sie einsam ist wie ein Straßenköter, genau wie es in diesem Tango heißt. Deshalb gibt es die ganzen Probleme. Fräulein Betti, na ja, man kann sich leicht vorstellen, daß sie nichts von einem Fräulein an sich hat, ich meine, was die Jungfräulichkeit betrifft, die muß sie bereits zu Machados Zeiten verloren haben, denn andererseits ist sie sehr höflich und bleibt in ihren eigenen vier Wänden. Wie meine Großmutter schon sagte: *In den eigenen vier Wänden bleiben* bedeutet, daß sie ihre Nase nicht in Dinge steckt, die sie nichts angehen, also genau das Gegenteil von dem, was ich jetzt tue. Sie wird »Fräulein« genannt, weil sie ihr Leben lang Lehrerin gewesen ist, und die Dreikäsehochs im Viertel kannten sie immer nur unter diesem Namen, der deshalb an ihr hängengeblieben ist. »Betti« ist keineswegs ein imperialistisches Kürzel, kulturelle Unterwanderung oder so, sondern als sie geboren wurde, vor Urzeiten, wurde sie auf den Namen Bertilda getauft, und das ist ein zu schwieriger Name für Kinder, jeder muß das einsehen, denn, auch das muß gesagt werden, Fräulein Betti war schon früher, zu Zeiten der Bösen, sehr patriotisch und voller Ehrfurcht vor den Traditionen. Also ist sie vor Scham fast gestorben, als Mario Rodriguez, das dritte Schweinchen, von dem ich bereits erzählt habe und der außerdem ihr soundsovielter und letzter Mann war, die Klamotten hinschmiß und nach Yuma[3] ging. Ihr wißt ja, daß der wilde Westen von den

Leuten Yuma genannt wird. Ich weiß auch nicht, woher dieser Name kommt, aber er paßt nicht schlecht, denn du läßt zuerst das *IU* los, und es scheint, als würdest du ihn richtig aussprechen, und von einem Moment auf den anderen beendest du ihn auf diese geschmacklose Cowboy-Art der Leute dort, und deshalb ist es noch deutlicher, wenn man sagt: *Mario Rodriguez ist nach Yuma abgehauen,* mit einem *A* am Ende, das aus dem sperrangelweit offenen Mund kommt, wobei man alle Luft aus der Lunge läßt, zusammen mit einem fürchterlichen Schwall Verachtung. So daß es dir vorkommt, als sprächest du von einer Ratte. Obwohl ich immer wieder sage, daß Ratten manchmal besser sind als Menschen. Aber ich schweife ab. Fräulein Betti spricht nicht so über Mario Rodriguez und auch nicht anders, für sie war es, als wäre er gestorben. Sie erwähnte den Gauner nicht mehr und weinte ihm auch keine Träne nach. Daran tat sie gut, nicht wahr? Was ich nicht verstehe, ist, warum sie darauf besteht, allein zu leben, wo sie doch noch Patronen im Gürtel hat. So allein zu leben ist heroisch. Deshalb passiert ihr all das, was ihr passiert: Die Knirpse steigen ihr auf den Zaun und lockern die Zaunslatten. Und dann bleibt er so. Die Wassertanks lecken: Wie soll sie aufs Dach klettern, um das Ventil auszutauschen? Also lekken sie weiter. Der Wirbelsturm reißt die Antenne ab, und sie kriegt nie wieder das zweite Programm rein. Bis einem Nachbarn das Herz bricht und er auf die Dachterrasse steigt und sie ihr repariert. Denn Fräulein Betti möchte niemanden stören und bittet nicht gern. Guck dir nur an, was sie deshalb jetzt für eine Arbeit hat. Eine Tragödie, ein Tohuwabohu hoch drei. Von meinem Ausguck aus wohnte ich der Premiere bei: Ein Schrei, als hätte sie Boris Karloff persönlich gesehen, ein Topf, der durch die Luft fliegt, kaputte Scheiben und ein wildes Durcheinander in Fräulein Bettis Küche.

»Was ist passiert?« fragte ich sie und zeigte ihr beiläufig meinen eingegipsten Fuß, damit sie schnell mitbekam, daß sie den Krallen des Feindes hilflos ausgeliefert war.

»Eine Maus im Schrank«, antwortete sie mir und fügte zur weiteren Klärung hinzu: »In MEINER KÜCHE.«

Letzeres sagte sie so, als ertönten die Trompeten des Jüngsten Gerichtes. Ich riß meine Augen auf und biß mir auf die Unterlippe, um meine Überraschung und gleichzeitig meinen Ekel und meine Solidarität zu zeigen, ein Gesichtsausdruck, den kein Wort hätte ersetzen können. Wir Kubaner sind so, in der Hälfte der Fälle ziehen wir die Gesten den Worten vor. Das haben wir wohl von den Italienern, von Kolumbus. Man muß sich nur einen dieser italienischen Filme angucken, um zu sehen, ob wir ihnen ähnlich sind oder nicht, vor allem den Sizilianern. Hör dir bloß mal einen Streit in irgendeinem Haus an, und dann sag noch, daß wir nicht genauso sind. Ohne Scherz. Diese Theorie ist original von mir, aber niemand hat sie bisher beachtet. Guck dir nur diese Szene an, wie Fräulein Betti sich ihren Kittel festhält, als würde er ihr gleich von oben bis unten reißen, und dabei ist ein Fuß barfuß und der andere nicht. Das Abbild der Ketzerei. Die völlige Verzweiflung, du weißt, wie das ist. Mit wirren Haaren – es muß schon gar nicht mehr besonders erwähnt werden –, hervorquellenden Augen und kurz davor, einen weiteren Urwaldschrei auszustoßen, hätte sie Ana Magnani sein können, die im Begriff ist, *Mamma mia!* zu kreischen, doch Fräulein Betti konnte derlei nicht sagen, aus zwei Gründen, die ich als offensichtlich bezeichnen würde. Erstens: Sie hat ein sehr deutliches Bewußtsein davon, was lächerlich ist. Und zweitens: Sie spricht, soweit ich weiß, kein Italienisch, auch wenn sie achtzehn Mal die Hölle von Dante gelesen hat. Also sagte sie fünf- oder sechsmal hintereinander: Ogottogott!, und danach schloß sie die Küchentür. Apropos Hölle: Dabei blieb es nicht. Zwei Minuten später tauchte sie wieder auf dem Flur auf, bis an die Zähne bewaffnet mit einem Stapel Zeitungen und einem Besen. Ich will nicht verhehlen, daß mich die Zeitungen ziemlich neugierig machten.

»Die Jagd hat begonnen«, sagte ich mir *sottovoce* und hob die Arme in einer Geste, die folgendes ausdrücken sollte: Nur Mut, nur Mut!

Fräulein Betti begann, alles mit den Zeitungen zu bedecken. Will sie das Haus anstecken? Das Schlimmste daran ist, daß ich das erste Opfer wäre. Du weißt schon, wegen des Gipsbeins. Leute! Plötzlich kam mir die Erleuchtung: Fräulein Betti stopfte alle Öffnungen zu, durch die der unerwünschte Gast wieder in die Küche kommen könnte. Mit unglaublicher Geduld verstopfte sie die Rohröffnungen, Abflüsse, Löcher in den Fensterrahmen, den Mülleimer, die Zwischenräume zwischen Blumentöpfen und Gasflaschen mit zerknülltem Papier.

»Sie muß heute noch von hier verschwinden!« rief Fräulein Betti laut. In Anbetracht der Tatsache, daß ich im Umkreis von einer Million Meilen die einzig verfügbare Zuhörerin war, fühlte ich mich verpflichtet zu antworten.

»Vielleicht ist es ja mehr als eine. Sie vermehren sich überall«, sagte ich und merkte sofort, daß ich ins Fettnäpfchen getreten war. Fräulein Betti schaute mich an, als hätte sich die gesamte Mäuseschar der Nachbarschaft bei mir versammelt. Zumindest mußte ich Komplizin ihrer Bande sein. Ich lächelte idiotisch, um den Ausrutscher zu vertuschen, aber sie sah mich schon nicht mehr an, sondern fuhr geschäftig mit den Zeitungen fort. Gut, Tatsache ist, daß mir ihre Strategie langsam klar wurde. Die Maus zwingen, aus dem Schrank herauszukommen, ordnungsgemäß in den entsprechenden Gang einzubie-

111

gen, in Richtung Hof zu laufen und freiwillig *per secula seculorum* in einem Gulli zu verschwinden. Nicht gezwungen sein, Blut zu vergießen wie eine x-beliebige Lady Macbeth. Was hältst du davon? Ciao, Mäuschen, wir sind nicht nachtragend und bleiben Freunde. Ich bin fast gestorben! Also ließ ich mir keine ihrer Bewegungen entgehen, als sie den Küchenschrank ausräumte, Topf um Topf, Dose um Dose, Becher um Becher, Lappen um Lappen, und da schoß die Maus auch schon in Lichtgeschwindigkeit hin und her, von Ecke zu Ecke, hier herauf, da hinunter, verwirrt durch die Berge von Zeitungspapier. »Wie die Landschaft sich verändert hat!« wird sie sich gesagt haben, während sie wie eine Rakete hin und her flitzte, und Fräulein Betti hüpfte mit dem Besen in der Hand auf und ab und sah dabei aus wie ein Apache-Indianer, ich schwör's, bei meiner Mutter!

»Husch, husch, raus mit dir, Maus!«

Es war das reinste Tohuwabohu.

Und als die Maus von diesem Spielchen genug hatte, verschwand sie eins, zwei, drei schnurstracks in ihren Privatgemächern im Küchenschrank. Na ja, dieses ganze Hin und Her, von dem ich hier erzähle, war erst der Anfang. Am Sonntag darauf fing die Geschichte mit dem zerknüllten Zeitungspapier, den Wällen aus Pappkarton und dem Besen auf der Schulter wieder von vorne an.

»Geben Sie sich nicht geschlagen?« fragte ich.

Fräulein Betti sah mich ernst an. Sie schien aber keinesfalls böse zu sein oder so. Ich kann es nicht erklären. Es war, als wäre sie völlig *durchdrungen*, wie meine Großmutter gesagt hätte. Und dann ging es wieder los: Sie räumte den Küchenschrank aus, diesmal aber vorsichtiger und überlegter. Die neue Anordnung bildete eine chinesische Mauer, die dem Eindringling nur eine einzige Möglichkeit ließ, nämlich sich auf friedlichem Weg aus dem Staub zu machen. Gewaltlos. Wer hätte damit gerechnet, daß die Maus, platsch, in den mit Wasser gefüllten Blumentopf fallen würde wie in einen mittelalterlichen Burggraben, wenn man ihre Größe in Betracht zieht. Fräulein Betti rückte mit aufgerichtetem Besen vor, entschlossen, der Maus den Gnadenstoß zu versetzen. Da sah sie den durchnäßten Körper. Man kann sich den entsetzten Blick, mit dem die völlig wehrlose Maus ihren Henker anstarrte, lebhaft vorstellen. Konsequenz: Fräulein Betti – wie findest du das? – streckte der Maus den Besen entgegen, der sich von einer Mordwaffe in die rettende Planke verwandelte, auf der die Schiffbrüchige entlanglief, um sich wieder in den Schrank in IHRER KÜCHE zu flüchten.

»Es wäre kriminell gewesen, sie so zu liquidieren«, sagte Fräulein Betti und sah mich in einer Mischung aus Scham und Herausforderung an.

»Natürlich«, antwortete ich mit dem gewohnten idiotischen Lächeln. Zahlenmäßige Überlegenheit. Sportliche Fairneß. »Warum versuchen Sie es nicht mit einer Katze?«

Nach dem Blick von Fräulein Betti fühlte ich mich diesmal wie ein professioneller Folterknecht.

»Und wie werde ich danach die Katze wieder los?« murmelte sie.

Am nächsten Tag ging es los mit der Mausefalle. Zuerst war der Köder ein Stückchen Schinkenwurst, das verschwand, ohne Opfer zu fordern. Danach versuchte sie es mit Käse, genau wie im Zeichentrickfilm. Das Ergebnis war dasselbe. Zum Schluß legte sie ein appetitliches Stück in Milch eingeweichtes Brot aus. Alle Köder verschwanden, und die Maus: Mir geht es gut, danke.

»Sie tanzt Ihnen auf der Nase herum.«

»Versetzen Sie sich in ihre Lage«, antwortete sie in einem nicht zu deutenden Tonfall.

»Wie bitte?«

»Genau das: ein saftiges Mittagessen, und dahinter wartet ... na was? Der Tod.«

»Da kriegt man ja eine Gänsehaut! So ausgedrückt kommt es mir schrecklich vor.«

»Das ist es auch.«

»Und warum begnadigen Sie sie nicht? Sie hat es verdient.«

Diesmal antwortete sie wütend: »Sie sind wohl verrückt! Typhus, Bubonenpest. Sie muß weg, egal wie.«

Doch ich glaube, Fräulein Betti gewöhnte sich mit der Zeit an den Gedanken, ihre Küche mit dieser Maus zu teilen. Sie antwortete mir nicht mehr und begann, Selbstgespräche zu führen: »Gift in die Ecken kommt nicht in Frage. Dieses System ist ekelhaft. Nachher stirbt sie wer weiß wo, und niemand kriegt es mit. Erst durch die Pest merkt man es. Wie schrecklich!« Fräulein Betti wurde von Tag zu Tag einsilbiger und melancholischer. Dünner als ein Strich in der Landschaft. An jenem frühen Morgen, als das Geräusch der Mausefalle und das Quieken der Maus die halbe Menschheit bei Fräulein Betti zu Hause weckten, das heißt genau genommen Fräulein Betti, befand ich mich immer noch auf meinem Ausguck, mit dem Gesichtsausdruck von James Stewart und allem. Die Jagd schien ein Ende zu haben.

»Wäre mir DAS doch erspart geblieben!« rief Fräulein Betti aus, ohne sich an jemand Bestimmten zu wenden. Aber ich habe ja schon gesagt, daß es ungefähr drei Uhr morgens war, und ich glaube, sie und ich, abgesehen von der Maus, waren die einzigen wachen Menschen auf der gesamten Erdkugel. Ich sah, wie sie langsam die Schranktür öffnete. Ihr Schrei war jetzt eine Mischung aus Entsetzen und Erleichterung: »Der Schwanz!«

»Was?« brüllte ich nun meinerseits.

»Sie hat den Schwanz verloren und konnte entkommen.«

Fräulein Betti steckte den Kopf in den Flur und wandte sich dann wirklich an mich, um mit düsterer Grabesstimme zu sagen:

»Ihr Schicksal hat sich gewendet.«

Mir kam ein total merkwürdiger Gedanke, so in der Art, daß man das, was schmerzt, mit Stumpf und Stiel ausreißen muß. Und plötzlich sagte Fräulein Betti:

»Mit Stumpf und Stiel.«

Glaubst du, das war Gedankenübertragung?

Erst lange, nachdem sich die Dinge überschlagen hatten, erfuhr ich, wie die Geschichte ausging. Fräulein Betti wollte ihre Teedose aus dem Küchenschrank holen, machte zerstreut die Schranktür auf und klemmte die Maus, von der wir nie auch nur den Namen erfuhren, versehentlich ein. Ich will damit sagen, daß sie auf der Stelle und mit Würde starb. Sie hinterließ keine Erben. Fräulein Betti sah ich ewig nicht mehr. Als sie schließlich auftauchte, um die Pflanzen zu gießen, trafen sich plötzlich unsere Blicke.

»Sie hat mir ein Schnippchen nach dem anderen geschlagen, um dann durch Zufall zu sterben. Wenn es mit dem Teufel zugeht...«, sagte sie.

Fräulein Betti begann zu schluchzen und weinte, weinte, weinte, wie weder ich noch irgend jemand anderes sie je zuvor hatten weinen sehen.

Zwei Herzen
in
einer Brust

Dem Andenken meiner Großeltern gewidmet
Für Anna Veltfort

Es klopfte an der Tür. Wie lang der Korridor ist, so heiß
im Dezember, was machen die Hunde für ein Theater,
wer weiß, wen sie ausbellen. Sie brauchte die Augen nicht
zu schließen, um das Bild des vereisten Abhangs in der
galizischen Heimat vor sich zu sehen, an dem es nur kurz
still war, wenn die Wölfe aufhörten, vor Hunger zu heulen in jenem so harten Winter. Das kleine Mädchen, das
sie damals war, eingepackt in eine Pelzjacke, die Hände
rissig vor Kälte, die Skrofeln rauh und blättrig, schleppte
trotz allem den Eimer frisch gemolkener Milch der Kuh
Canela. Was hätte sie dafür gegeben, hier im Hof eine
Kuh halten zu können. Die Segel gehißt und die Waffe
geschultert! Die vier Hunde drängten sich um ihre kranken Beine und ließen sie kaum durchs Eßzimmer, das
mit modernen Möbeln voll stand. Die sind vielleicht
unbequem! Und dazu noch dieser Tisch aus *Pleivu*[1], ein
einziges Desaster. Und wieder klopfte es an der Tür. Ob
der Stall noch steht nach sechzig, Gott bewahre, siebzig
Jahren? Sie hörte die Vögel am wolkenlosen Himmel
umherflattern, Spatzennester und Vogelkot an den Wänden, ihr Heim seit ihrer Ankunft in diesem Land, dessen
beste Seite ist, daß es heiß und lärmend ist wie der Teufel. War dies nicht ihr Zuhause? Und jenes andere. Mit
dem Tor und dem einzigen Zimmer für die achtzehn
Geschwister. Jetzt war die elektrische Klingel zu hören.

116

Dieses Geräusch war wie ein Tritt, Sie wissen schon wohin. Sie blieb noch einen Augenblick länger im Wohnzimmer stehen und zählte: Eins, zwei, drei – noch ganz, die drei mit senffarbenem Glas umrahmten Fensterbilder: Hier die gelben oder violetten oder blauen Fische vor einem Hintergrund in dunklerem Blau, so anders als das zähe, schwarze Meer der Überfahrt, mit den metallischen, dicken Köpfen der deutschen U-Boote, die sehr nah ihre Runden drehten, die achtzehn Geschwister zusammengedrängt um einen Korb mit Käse und Schwarzbrot, und keinem wurde schlecht, obwohl die Gefahr so vielgestaltig lauerte, was erwartete die Reisenden wohl in jener *neuen Welt, die Kolumbus Kastilien geschenkt*[2]? Daneben eine andere Meereslandschaft, diesmal ein kleines Segelboot mit Takelage, dessen Rumpf in diesem einzigartigen und unvergleichlichen Rot bemalt war – es gibt keinen anderen Ort als Havanna, um dieses Rot zu finden, wenn morgens ein Sonnenstrahl hindurchscheint. Das dritte Bild zeigte eine ländliche Szene, das mochte sie am liebsten, jawohl, mit den Bergen, dem in der Ferne sich schlängelnden Fluß, den fünf hoch aufgerichteten Palmen, einer Schilfhütte und dem funkelnden roten Vogel in freiem Flug – der Pinselstrich Amarant, der nicht fehlen durfte, ach, es scheint, als bewegte er sich. Klingelingelingeling!

Als die Tür endlich aufging, wußte das auf der Schwelle stehende Mädchen nicht, was es tun sollte. Es glaubte, hinter der alten Frau (und ihren vier Hunden) eine riesige Bronzelampe zu erraten, mit jenen Ornamenten, die von weitem immer noch an Schlangenköpfe erinnerten. Von ihren acht Birnen brannten jetzt gerade noch drei, doch ihr Licht war ausreichend für das feuchte, kühle Wohnzimmer, das, weil es immer verschlossen war, nach Leder und süßlichem Holz roch. Sein gastfreundliches Halbdunkel hob sich ab vom brennenden Mittag der

Straße. Das Mädchen erkannte mit einer Spur Beklemmung die abgewetzten Damastsessel, bestimmt noch mit den Brandlöchern von Großvaters Zigarren, die japanischen Beistelltische, den Philco-Fernseher aus dem Jahr dreiundfünfzig mit seinem dunklen und unmodernen Gehäuse, das Bild der Nymphe mit den Engeln, die ihr gerade die Krone aus Orangenblüten aufsetzen, den an die hintere Wand genagelten Mantón aus Sevilla und, wie könnte es anders sein, die drei noch heilen Fensterbilder, mit jenem roten Vogel in freiem Flug, alles jetzt wie eingelaufen in jener eklektischen und gewöhnlichen Atmosphäre des Wohnzimmers der Großmutter.

Bis zu diesem Augenblick war sie davon überzeugt gewesen, daß die einzige Erinnerung an ihr Land ein nicht enden wollender Marsch unter der Sonne war (dieser runden, gelben Sonne wie auf Postkarten). Die riesige Bierreklame am Flughafenzaun mit dem goldenen Schaum, der über den Rand des Glases lief, und dem fast lasziven Blick des Mannes, der in einer Sprechblase, die ihm aus dem vom letzten Schluck triefenden Mund kam, sagte: *Das ist Kuba, Chaguito*[3]. Der Asphalt, der unter ihren weißen Schühchen (die zum Ausgehen) zu schmelzen schien, bis sie an der Treppe der Flugmaschine ankamen, noch größer als in der Reklame, Mami, da hab ich aber Angst. Oh, und so lange hat sie die Geschichte vom einsamen chinesischen Hündchen geschluckt, das sich immer wieder traurig verabschiedete, jedesmal, wenn ihre Mutter ihr das Lied vorsang, damit sie schnell einschlief in den eisigen Nächten der ersten Wohnung in New Jersey, diese verfluchte Kälte.

Die alte Frau sagte mehrere Sätze, und das Mädchen dachte, sie würde ebenfalls chinesisch reden:

»Bernal kommt vor zwei nicht nach Haus. Das habe ich der Ideológica[4] schon erklärt. Aber mach dir keine

Sorgen, er kommt rechtzeitig, um den Kreis vorzubereiten.«

Das Mädchen zögerte. Bernal war der Sohn von
Onkel Antonio. Sie erinnerte sich verschwommen an
das Gesicht von Onkel Antonio, der sein Witwerleben
allein in der Umgebung Miamis verbrachte. Aber Bernal!
Rundherum geschoren mit einer Tolle über der Stirn und
verschwitzter Brille, die ihm bis zur Nasenspitze herunter-
rutschte, und der immer auf dem Mangobaum im Hof
saß, um ihr dann eine dieser gelben und saftigen Früchte
zu schenken. Die Erinnerung daran durchfuhr sie wie
ein elektrischer Schlag, der im Nacken begann.

»Gut«, sagte das Mädchen, »ich komme später wieder.« Wer würde sich das trauen? Wie sollte sie ihr sagen:
Sieh mal, Oma, ich bin Rosie, die Enkelin von draußen.
Die aus dem Norden. Die ganz klein weggegangen ist, als
ihre Eltern, ihre Onkel und Tanten, also all deine Kinder, Oma, auch weggegangen sind. Die ein zu korrektes
Spanisch spricht, ohne das »S« oder das Wortende zu ver-
schlucken. Oma, du siehst immer noch genauso aus. Und
ich? Erinnere ich dich irgendwie an deine Enkelin? An
das Mädchen, das zusammen mit dem Vetter Bernal
Mangos stibitzte? Nicht dran zu denken. Also drehte
Rosie sich um und ging über die Straße in den gegenüberliegenden Park. Mein Gott, es war alles so anders und
doch so gleich. Der Stand, der sie immer so begeistert
hatte, war nicht mehr da, wo's die Tütchen zu einer
Pesete gab, mit den in Fett gebackenen Kürbisstücken,
Scheiben grüner Bananen, Schweineschwarte. Auch nicht
die Leuchtreklame NIMM MEJORAL, weder der Los-
verkäufer an der Ecke noch das Wägelchen mit Obst und
anderen Lebensmitteln. All das war haufenweise in *La
Sagüesera*[5] zu finden; aber nein, das war nicht dasselbe.
Rosie stand mit ihrer schweren Reisetasche über der

Schulter mitten im Park und warf einen Blick nach rechts in die abschüssige Allee. Dann schaute sie nach links auf den Block mit dem großen Haus der Großmutter, dem Bäcker und dem Gebäude der Poliklinik. Die Dinge schienen ihr so farblos, die Schlaglöcher auf der Straße; soweit sie wußte, konnte man nur in Havanna solche Krater in der Straße finden, und die Autos aus den Vierzigern, die noch herumfuhren, Heilige Mutter Gottes. Also, warum diese Euphorie? Diese Lust, mit der Horde Kinder zu spielen, die durch den Park lief. Durch ihren Park! Sie setzte sich rittlings auf eine der Marmorbänke. Diese Haltung erlaubte es ihr, das Haus der Großmutter zu beobachten, mit den bunten Fenstern (den Fischen, dem Boot und dem roten Vogel) und dem Mangobaum im Hof, der mit seiner Krone das Dach überragte. Was sagst du dazu: Mitten in der Stadt ein solcher Baum, ein Rudel Hunde und Katzen aller je existierenden und noch entstehenden Farben, die Spatzen, die in der Außenverschalung des Wohnzimmers nisteten. Und sicherlich Tauben, ja, Tauben. Genau aus denen kochte die Großmutter ihre Suppen, wenn sie oder Bernal Bauchschmerzen hatten. Waren nicht vielleicht jene Tauben, die jetzt im Park hockten, die Nachkommen derjenigen, die damals für die heiße Brühe der Großmutter geopfert worden waren? Rosies Gesicht glühte, und sie legte ihre Hand auf die Stirn. Bestimmt hatte sie hohes Fieber. Grippe? Die Nerven? Plötzlich spürte sie etwas Körniges unter ihren Fußsohlen. Sie bewegte die Zehen und versuchte, sich zu erinnern: Die kochende Taubensuppe, das bestickte Laken, mit dem sie bis zum Kinn zugedeckt war in ihrem Kinderbett aus lackiertem Nußbaum, und an den Füßen riesige Socken voller Kaffeesatz. Aber das war jetzt natürlich nicht wirklich, nur das Gefühl hatte zwanzig Jahre überlebt. Dieses kindliche Fieber (neunundreißig Grad, oh, noch höher, vierzig Grad), das die Großmutter zuversichtlich mit heißem Kaffeesatz aufhalten wollte, gefüllt in weiße Socken, die sich über ihren kleinen Füßen langsam braun färbten, das fiebernde Mädchen im Kinderbett, der weit entfernte und erschrockene Blick Bernals, die Stirn, die so brannte wie jetzt. Das mit den Füßen, Quatsch, eine Einbildung, hervorgerufen durch die Tauben und das Bild von Großmutters Händen, sanft, etwas rötlich und voller Falten, dieselben, die vor zwanzig Jahren ihre fiebernde Stirn abtasteten. Sie betrachtete die Reisetasche neben sich und dachte unvermutet an die drei überquellenden Koffer, die sie im Hotelzimmer gelassen hatte. Die Mutter hatte darauf bestanden, sie bis zum Rand vollzustopfen. Was würde Bernal sagen? Was würde Bernal von seiner Cousine Rosie denken? Würde er sich auch an die Nachmittage erinnern, an denen sie auf dem Mangobaum saßen und Comics von Lulú und Tobi lasen? Jetzt kannte sie viele Mädchen wie Lulú. Aber wie war Vetter Bernal heute? Als Onkel Antonio beschlossen hatte, daß er »für immer gestorben« sei, mit diesem melodramatischen Satz, der ihn zur familiären Ächtung verurteilte, alles nur, weil er bei der Großmutter geblieben war, hatte drüben niemand mehr etwas von Bernal erfahren. Obwohl er auf den Fotos, die die Großmutter heimlich per Post schickte, denselben mitleidigen und schüchternen Blick hatte, mit der von der Nase gerutschten Brille und einem ähnlichen Lächeln wie dem an der Zimmertür, wenn Rosie vor Fieber brannte. Wie jetzt gerade.

Wieder klingelte es an der Tür.

Als die alte Frau zum zweiten Mal öffnete, wartete abermals das Mädchen auf der Schwelle. Es sah krank aus, und seine Stirn war schweißbedeckt. Die Wangen brannten, als wäre es in den Bergen den Hang hinuntergelaufen. Die Kuh *Canela* versteckte sich gern, und es war so viel Arbeit, sie wiederzufinden. Auch das Hirtenmädchen bekam im verschneiten Morgengrauen rote Backen. Jetzt diese Hitze,

»Oh, komm rein und setz dich. Was für ein Gesicht. Möchtest du Kaffee? Er ist gerade durchgelaufen. Was für eine Sonne, nicht wahr? Das Beste, was einem passieren kann. Die Kälte ist das Letzte. Ich kann Kälte nicht ertragen. Als ich klein war, wurden meine Hände ganz rissig. Wer brachte die Milch, wenn ich nicht ging? Jeder tat das Seine. Habe ich dir nicht erzählt, daß ich am meisten gefroren habe, als der Kornspeicher des Grafen abbrannte? Ich hatte gerade Typhus gehabt. Mama pflegte meine langen Zöpfe immer so, und dann fielen mir fast alle Haare aus. Der Kornspeicher brannte, sagte ich gerade. Und die Funken sprühten zu uns herüber. Jetzt hieß es laufen! Meine Beine waren noch sehr schwach, und ich konnte nicht mal gehen. Zuerst retteten sie die Kuh *Canela,* und dann trug mich mein großer Bruder bis zum Waldrand. Und dort ließ er mich zurück. Eine verdammte Kälte, mein Kindchen. Der Graf blieb zufällig neben mir stehen, und vielleicht tat ihm mein Zittern leid, jedenfalls warf er die Decke seines Pferdes über mich. Dem Himmel sei Dank! Mein Umhang war schon völlig mit Eisstückchen übersät, und dann der kahle Kopf. Furchterregend! Laßt das Mädchen in Ruhe!« Die Großmutter wies die Hunde mit einer Handbewegung zurecht, von oben nach unten, so als schüttelte sie eine unsichtbare Flüssigkeit ab, eine uralte bäuerliche Geste, wie Rosie schien. Dann begann sie, aus einer blau und rosa geblümten und an den Rändern ganz abgeschlagenen Porzellankanne den Kaffee einzuschenken. Ein peinliches Schweigen entstand. Die Großmutter brach es:

»Du bist bestimmt Journalistin.«

Rosie antwortete sofort mit ja. Aus Bequemlichkeit? Oder warum zum Teufel?

»Alle Freunde Bernals studieren Publizistik. Sie verbringen den lieben langen Tag mit Fragen über Fragen. Und du so still. Willst du nicht etwas fragen?«

Was für ein Kuddelmuddel. Rosie hatte eine ganze Masse Fragen an die Großmutter. Aber so, ganz ehrlich, fiel ihr absolut nichts ein. Sie betrachtete die Fensterbilder und zählte eins, zwei, drei – ein Wunder, daß sie noch vollständig sind, der rote Vogel in freiem Flug, man könnte meinen, er bewegt sich. Die Großmutter erwartete, daß sie etwas sagte. *Me cacho en la mar salada*[6]! Rosie öffnete den Mund und schnappte nach Luft: Ohne jede Ankündigung war ihr, wer weiß aus welchem Winkel des Unterbewußten, jener alte Ausdruck des Verdrusses eingefallen, den der Großvater immer gebraucht hatte. Der waschechte iberische Großvater mit seiner Havanna und dem Hut aus Palmblättern, den er nur absetzte, um sich zu waschen (obwohl Rosie das nie gesehen hatte). Der Großvater, der zum Kubaner geworden war, obwohl er zu Weihnachten weiterhin die Jota tanzte, und der ein in Edelholz geschnitztes kleines Kornhaus außer Reichweite der Enkel aufbewahrte und trotzig das »S« stimmhaft und zäh aussprach. Plötzlich noch ein Bild: sein Begräbnis auf einem Friedhof unter Bäumen, die sehr leise schluchzende Großmutter, die ihr Gesicht halb in einem handgearbeiteten Spitzentaschentuch versteckt, neben einer riesigen offenen Grabplatte, Bernal nimmt das Mädchen an der Hand. Rosie war fürchterlich aufgeregt, doch die Großmutter schien es nicht zu bemerken. Etwas fragen, um abzulenken.

»Sie mögen also keine Kälte?«

»In meinem Dorf, wo ich geboren bin, gab es viel Schnee. Das ist bestimmt immer noch so. Unser Haus stand am Ufer eines Flusses, von dem ich mich nicht mal mehr an den Namen erinnere. Im Winter vereiste alles und sah sehr schön aus. Einer meiner Vettern ist einmal im Schnee eingeschlafen, und wir haben ihn nicht mehr wiedergesehen.«

Die Großmutter wurde nachdenklich und begann, von etwas anderem zu sprechen:

»In den Bergen hatte ich eine kleine Freundin, ein Nachbarmädchen, das mir half, die Schafe zu hüten. Wenn die Wölfe näherkamen, nahm sie eine Blechdose und machte mit einem Stock großen Lärm, während ich loslief, um die Herde zusammenzutreiben. Manchmal, wenn ich einschlafe, träume ich von ihr. Ich sehe ihr Gesicht nicht, erinnere mich nicht daran, wie ihre Stimme war, nicht mal ihren Namen könnte ich Dir sagen, aber ich weiß, daß sie es ist. Im darauffolgenden Sommer bin ich nach hier gekommen und nie wieder zurückgekehrt.« Die Großmutter beugte sich zu Rosie herüber und flüsterte ihr zu:

»Hast du mir Sorbetos[7] mitgebracht?«

Rosie verneinte und schämte sich sehr, ohne zu wissen, warum. Ihr kamen die drei Koffer wieder in den Sinn, vollgestopft mit (unnützen?) Dingen, in denen nicht einer dieser geheimnisvollen Sorbetos lag, nach denen die Großmutter fragte. Rosies Blick floh auf den Korridor, ganz schön lang ist der, und sie konnte durch die Hintertür den Stamm des Mangobaums erkennen, auf den Bernal und Rosario (als sie noch Rosario hieß, *Charito* für die Großmutter) kletterten, um goldene, ewige Früchte zu stibitzen. War das hier nicht ihr Zuhause? Und jenes andere.

»Aber Oma...« Das Wort rutschte ihr heraus, obwohl es niemandem komisch vorzukommen schien. Rosies Stimme war schrill, vertraut, ungeniert: »Sagen Sie mal, haben Sie keine Sehnsucht?«

»Hast du gesehen, wie heiß es ist, im Dezember? Bernal mag die Hitze auch lieber...« Die Großmutter machte eine Pause. »Gefallen dir die Fensterbilder? Die

Berge sind überall gleich, aber sieh mal, dieser rote Vogel, so einen gibt es nicht nochmal. Er fliegt immer. Drüben ist mein Zuhause und hier auch.« Die Großmutter versank im Damastsessel, so als döse sie, und sagte dann:

»Ein Teil dort und einer hier. Man hat zwei Herzen in seiner Brust.«

Rosie spürte, wie ihr das Lügen und diese ganze Geschichte mit dem Interview zuviel wurden. Sie fühlte ein Brennen auf der Stirn, so als würde in der Nähe auch eine Scheune brennen, mitten im Winter. Sie schnappte erneut nach Luft und sagte an diesem Nachmittag zum zweiten Mal »Oma«. Da ging die Haustür auf, und Bernal kam herein. Meine Herren, das mußte Bernal sein!

ANMERKUNGEN
DER ÜBERSETZERIN

Der blinde Büffel
1 Bezug auf Silvestre de Balboa, mutmaßlicher Autor des ersten bekannten Textes der kubanischen Literatur.

Havanna ist eine ziemlich große Stadt
1 Als »lebendes Streichholz« (»fósforo vivo«) wurde in den fünfziger Jahren ein selbstgemachter Brandsatz bezeichnet, der im Kampf gegen die Diktatur verwendet wurde; bei uns als Molotow-Cocktail bekannt.

Der Hinterbliebene
1 Militärfestung aus der spanischen Kolonialzeit, die in den 30er und 40er Jahren teilweise als Gefängnis benutzt wurde.
2 Kubanische Redewendung, die darauf anspielt, daß die Ochsen den Wagen immer zu zweit ziehen, und mit der die Ablehnung, compañero genannt zu werden, ausgedrückt wird.

Unglücksrabe
1 Babalao: Priester des afrokubanischen Santería-Kultes.
2 Kubanischer Ausruf des Erstaunens, der sich von »alabado sea Dios« (»Gepriesen sei Gott«) ableitet.
3 Afrokubanische Gottheiten.
4 Afrokubanische Religionsgemeinschaft.
5 Volksstammgebundene Vereinigung von Afrikanern und ihren Nachkommen (sowohl Sklaven als auch Freigelassene) mit religiösem Charakter, zu Traditionspflege, geselligen und wohltätigen Zwecken.
6 Afrokubanischer Ritus.

Nichts außer der Luft
1 Übersetzung des Originalverses von Poe:»nothing save the airs that brood over the magic solitude« nach Edgar Allan Poe, Gesammelte Werke, Bd. 6, München 1922.

Wenn es mit dem Teufel zugeht

1 Die afrokubanische Gottheit des Donners und des Blitzes.
2 Anspielung auf These, Antithese und Synthese bei Hegel, aus der Marx seine Triade von der kapitalistischen Gesellschaftsordnung, dem Proletariat als deren Antithese und der klassenlosen kommunistischen Gesellschaft als zu erkämpfende Synthese gemacht hat.
3 Kubanische Umgangssprache für USA.

Zwei Herzen in einer Brust

1 Kubanische Verballhornung für Engl. »plywood« = Sperr- oder Furnierholz.
2 Anspielung auf den spanischen Reim: *»Es schenkt' Kolumbus, Seefahrheld, Kastilien die neue Welt«* (»*A Castilla y a Aragon, nuevo mundo dio Colon*«).
3 Kubanischer Name für »Jedermann«.
4 Verantwortliche Person für politische, ideologische Angelegenheiten.
5 Kubanisch für »South-West«, Stadtteil von Miami.
6 Ausruf im Sinne von »Verdammter Mist!«; wörtlich: »Ich sch... ins salzige Meer« (eine Verharmlosung von: »Ich scheiß auf die heilige Mutter«).
7 Ein Gebäck.

VITAE

Mirta Yáñez, geboren 1947 in La Habana, Erzählerin, Lyrikerin und Autorin von Kinderbüchern, promovierte an der Universität Havanna als Romanistin für lateinamerikanische Literatur. Inzwischen beendete sie ihre akademische Laufbahn, um sich ganz der schriftstellerischen und literaturwissenschaftlichen Arbeit zu widmen. Mirta Yáñez lebt als freie Autorin in Havanna.

Sie nimmt nicht nur innerhalb der kubanischen Erzählliteratur einen erstrangigen Platz ein und wurde mit vielen Preisen ausgezeichnet, sondern sie ist auch Pionierin feministischer Literaturstudien in Kuba. Das Werk vieler kubanischer Autorinnen kam erst durch ihr Wirken an die Öffentlichkeit. Im Rahmen dieser Arbeit sind ihr zahlreiche, gut dokumentierte Untersuchungen und die Anthologien *Estatuas de Sal* (Salzsäulen, 1996), *Álbum de poetisas cubanas* (Album kubanischer Dichterinnen, 1997), *Cubana* (USA 1998) und *Habaneras* (Spanien 2001) zu verdanken. Als Vortragende und Gastprofessorin in Lateinamerika, Europa und den USA hat sie aus ihrem Werk gelesen, das allmählich auch in Deutschland Eingang in Anthologien fand. Aber erst die Verleihung des Förderpreises der Initiative LiBeraturpreis im März 2001 in Leipzig machte sie einem größeren Publikum bekannt. Die Übersetzerin Mechthild Blumberg führte Autorin und Verlag zusammen, und so entstand der vorliegende Band.

Mechthild Blumberg, Jahrgang 1961, hat in ihrer Kindheit mehrere Jahre in Spanien und später in Brasilien gelebt, wo ihre zwei Kinder geboren wurden. Sie ist Lateinamerikanistin (M.A.) und Dolmetscherin/Übersetzerin für die spanische und portugiesische Sprache (beeid.). Zur Zeit arbeitet sie als Doktorandin im Bereich brasilianische Literatur und ist wissenschaftliche Mitarbeiterin in Romanistik / Lusophone Philologien (Portugal, Brasilien, Afrika) an der Universität Bremen.

Martin Franzbach ist Professor für Literatur und Sozialgeschichte Spaniens und Lateinamerikas. Im Erscheinen ist eine Sozialgeschichte der kubanischen Literatur (Madrid 2002).

QUELLENNACHWEISE

Die fünfzehn Erzählungen entstammen folgenden Originalquellen:

Eines natürlichen Todes (De muerte natural); *Abgehauen* (La escapada); *Der Hinterbliebene* (El doliente); *Nicolás' Geheimnis* (El secreto de Nicolás); *Wir Schwarzen trinken alle Kaffee* (Todos los negros tomamos café) aus: Mirta Yáñez, Narraciones desordenadas e incompletas *(Ungeordnete und unvollständige Erzählungen)*, Editorial Letras Cubanas, La Habana 1997.

Der blinde Büffel (El búfalo ciego); *Das Debut* (Opera prima); *Unglücksrabe* (Pájaro de mal agüero); *Staub zu Staub* (No somos nada); *Wenn es mit dem Teufel zugeht* (El diablo son las cosas); *Zwei Herzen in einer Brust* (Cortado en dos) aus: Mirta Yáñez, El diablo son las cosas *(Wenn es mit dem Teufel zugeht)*, Editorial Letras Cubanas, La Habana 2000 (EA 1988).

Havanna ist eine ziemlich große Stadt (La Habana es una ciudad bien grande) aus: Mirta Yáñez, La Habana es una ciudad bien grande, Editorial Letras Cubanas, La Habana 1980.

Anagnorisis (Anagnorisis) aus: Zeitschrift Union, La Habana, XII. Jahrgang, Nr. 42 Jan-März 2001

Originalfassung (Versión original); *Nichts außer der Luft* (Nada, salvo el aire): bisher unveröffentlicht.

Die
Initiative
LiBeraturpreis

Die Initiative LiBeraturpreis ist 1987 aus der Arbeit des Ökumenischen Zentrums Christuskirche in Frankfurt am Main erwachsen. Den Initiatoren fiel auf, dass in der entwicklungspolitischen Diskussion die ökonomische und politische Instabilität der sogenannten Dritten Welt thematisiert, nicht oder zu wenig aber auf den kulturellen Reichtum der Länder des Südens eingegangen wird.

Deshalb wurde ein Preis von Leserinnen und Lesern gestiftet, der Literatur aus Lateinamerika, Asien und Afrika den LeserInnen näher bringen soll. Bücher laden dazu ein, anderen Kulturen zu begegnen und eigene Wahrnehmungen zu überprüfen und zu verändern. Literatur kann die Vielfalt der Kulturen und den Reichtum unterschiedlicher Erfahrungen und Traditionen auf unterhaltsame Weise erschließen. Bücher können unsere Wahrnehmung verändern, uns von alten Denkmuster befreien. Das große B im Titel des Preises will u.a. auf diese Form von Befreiung aufmerksam machen.

Der LiBeraturpreis wird ausschließlich an Autorinnen aus den „Ländern des Südens" verliehen, da sie es oft noch schwerer als ihre Kollegen haben, wahrgenommen zu werden.

Der Förderpreis der Initiative LiBeraturpreis

Die Preisträgerinnen des LiBeraturpreises haben das Recht Autorinnen für den Förderpreis der Initiative vorzuschlagen. Die Autorin M i r t a Y a n e z erhielt auf der Buchmesse 2001 in Leipzig den ersten Förderpreis der

Initiative LiBeraturpreis. Der Förderpreis wird an Autorinnen vergeben, deren Literatur noch nicht in deutscher Sprache übersetzt vorliegt und soll Verlage auf das Werk der Förderpreisträgerin aufmerksam machen. Wir freuen uns, daß dieses Buch unsere Preisträgerin so schnell in deutscher Sprache lesbar macht.

Werden Sie Mitglied in unserer
Initiative LiBeraturpreis
c/o Ingeborg Kaestner
Praunheimer Landstr. 202
D - 60488 Frankfurt am Main
Tel: 069 762 116
Fax: 069 763 116
www.LiBeraturpreis.org
Ingeborg.Kaestner@gmx.de; Djafari@t-online.de

Die Preisträgerinnen

1988   Maryse Condé **(Guadeloupe)** Segu. Die Mauern aus Lehm

1989   Assia Djebar **(Algerien)** Die Schattenkönigin

1990   Kamala Markandaya **(Indien)** Nektar in einem Sieb

1991   Bapsi Sidhwa **(Pakistan)** Ice Candy Man

1992   Rosario Ferré **(Puerto Rico)** Kristallzucker

1993   Pham Thi Hoai **(Vietnam)** Die Kristallbotin

1994   Patricia Grace **(Neuseeland)** Potiki

1995   Venus Khoury-Ghata **(Libanon)** Die Geliebte des Notablen

1996   Carmen Boullosa **(Mexiko)** Die Wundertäterin

1997   Zoe Valdés **(Kuba)** Das tägliche Nichts

1998   Mayra Montero **(Kuba)** Das Tal der verschwundenen Kinder

1999   Astrid Roemer **(Surinam)** Könnte Liebe sein

2000   Edwidge Danticat **(Haiti)** Die süße Saat der Tränen

2001   Paula Jacques **(Ägypten)** Die Frauen mit ihrer Liebe

Weitere

Erzählungen

aus Kuba

Miguel Mejides

Rumba Palace

Erzählungen aus Kuba

Aus dem kubanischen Spanisch
von Mechthild Dortmund
geb., 124 Seiten
12,80 Euro - 25,00 DM - 23,00 sFr
ISBN 3-926529-24-5

Rumba Palace – Geschichten in
bilderreicher, lateinamerikanischer
Erzählkunst, voller Ironie und
bestechend durch ihren Schuß Mystik.

»Miguel Mejides beherrscht excellent das Spiel mit dem
Magischen Realismus.« *(laufschrift)*
»Rumba Palace wie die übrigen Geschichten sind eine
echte Entdeckung.« *(aktuelles)*

Texte, Bilder und Klänge
aus
Lateinamerika

Marty Brito

Wohin gehen
die geträumten Dinge?

Fragen von Pablo Neruda -
Antworten von Kindern aus Chile
Großformat 30x29,4 cm, 44 Seiten, Leinen
20 farbige Linolschnitte, Transparentpapier
48,00 Euro - 89,00 DM - 85,00 sFr
ISBN 3-926529-50-4
»Umblättern in Marty Britos Buch heißt,
dem Zauber der Fragen Nerudas und den
überwältigenden Antworten der Kinder aus
Chile zu erliegen. Die Poesie ihrer Bilder
und die Kreativität der Buchmacherin bringen uns zurück in ein weites, buntes Land...«
(Prof. J. v. Harsdorf, Hochschule f. Künste, Bre-
men)
»Ein wertvoller Beitrag zur Ehre des Dichters.« *(Internationale Pablo-Neruda-Stiftung)*

Ulli Simon

Septembertage

Erinnerungen an Chile 1973
dt-span., 192 Seiten, Hardcover
Buch & CD
29,80 Euro - 58,00 DM - 53,00 sFr
ISBN 3-926529-90-3
Autobiographische Aufzeichnungen von
Ulli Simon, der 1973 aus Chile flüchten
mußte, mit Liedern und Texten von P. Ne-
ruda, V. Jara, V. Parra und Ulli Simon.
Vorwort: Helmut Frenz
Nachwort: Fernando Mires

Soul fiction –
Romane aus der Seele
des schwarzen Amerika

Shay Youngblood

Big Mama Stories

Engl. Broschur
130 Seiten
10,00 Euro -19,80 DM - 18,80 sFr
ISBN 3-926529-80-6

Die 12-jährige Ich-Erzählerin beschreibt ihrem Weg in die Welt der Erwachsenen. Begleitet wird sie von den Big Mamas ihrer Umgebung, die sie mit ihren Geschichten in die Freuden und Widrigkeiten des Lebens einführen.

»Die *Big Mama Stories* enthalten mehr autobiographische Elemente als alles, was ich je geschrieben habe. Als ich zweieinhalb Jahre alt war, starb meine leibliche Mutter. Ich bin von meinen Urgroßmüttern, Großtanten und Tanten großgezogen worden, die mir ihre phantastischen Geschichten erzählten.

Viele dieser Geschichten halfen mir herauszufinden, was es heißt, eine Frau in dieser Welt zu sein.«

Shay Youngblood

In der Reihe »Soul fiction« sind außerdem erschienen:

Herbert Simmons, Tanz auf rohen Eiern, ISBN 3-926529-75-X
Herbert Simmons, Corner Boy, ISBN 3-926529-78-4
Charles Perry, Portrait eines Ertrinkenden,
ISBN 3-926529-76-8
Roland S. Jefferson, Die Schule an der 103. Straße,
ISBN 3-926529-77-6